U0019884

雲裡住著女巫

左煒 著
劉彤渲 圖

名家推薦

陳素宜（少兒文學名家）：

這是一個與眾不同的女巫故事。一樣有咒語，一樣騎掃帚，一樣有魔法學校，卻不一樣的有個反對傳統，不願躲在雲背後，搶劫人類的小女巫。為了拯救無辜男孩丁閃閃，小女巫雲可青成了所有女巫和魔法師追捕的對象，卻發現了消失的烏雲族祕密，進而揭發族長瘋狂的陰謀。豐富的想像力，營造出東方風味的女巫故事，呈現小女巫不被錯誤的傳統束縛，努力找到雲族新出路的決心與毅力。行雲流水般的敘述，更帶領讀者跟隨小女巫的雲掃帚，來一趟奇幻有趣的空中雲族之旅。

許建崑（東海大學中文系教授）：

以女巫為角色的奇幻小說不勝枚舉，而這篇作品卻可以脫穎而出。原因有三：

一、主角雲可青是個聰明伶俐而有想法的女孩，面臨畢業考不及格，需要補考，真不可思議；與一般糊塗、脫線而又幸運的喜劇模式，大大不同。

二、不管是龍捲風還是颱風魔法學校，要學生興雲作浪，掠奪百姓財物作為通過畢業門檻，得到成績的依據。作者對於施法與鬥法的過程，有精彩描繪。

三、魔法師、女巫的世界，有時候作法自斃，帶給自己大災難。作者沒有明說，卻暗暗指出：現行教育目標，以所學知識打敗他人或勝出同儕的方式來取得生存資源，顯然要不得。雲可青說：「我討厭用魔法搶劫別人。」我要為她按個讚！

黃秋芳（少兒文學名家）：

精彩的詩題是「眼睛」，靜靜凝眸，一瞬目，不是看盡千言萬語，就是轉眼消歇。

很高興在翻讀這篇文學味道濃厚，想像新鮮生動的小說之前，也遇見一個精彩的小說題目，像一扇「門」，將開未開，將掩未掩，透著小小的縫隙，一個將變而未變的未知世界，幽幽發出嘆息般的無聲邀約，直到我們打開書頁，一跨，就翻騰到無端雲外，在所有的叛逆、嘗試、磨難背後，愛、勇氣、信任、智慧，以及最動人的是充滿正義感的瞬間判斷，讓我們深深感受，活著，值得！無論我們原來是什麼樣子。

目錄

1

即將到來的
魔法畢業考試

這學期一開學，龍捲風魔法學校就只剩三個學生了。雲可青就是其中一個。

雲可青今年十二歲，進入龍捲風魔法學校六年，再過一個星期，就要參加學校的魔法畢業考試了。只要能順利通過考試，就能獲得魔法證，成為一名真正的女巫，也就有資格參加「風獵」了。

對生活在雲裡的女巫們來說，「風獵」是她們賴以生存的唯一方式。雲裡沒有食物，沒有衣服，沒有藥品——甚至連一根繡花針都沒有，她們生活需要的所有東西，都來自人類。但是，幸好她們擁有魔法，準確地說，是製造風暴的魔法。所以，利用魔法製造一場猛烈的風暴，並藉著這場風暴掀掉人類的屋頂，捲走屋子裡一切有用的東西，就是雲族世代相傳的謀生之道，被他們稱為「風獵」。

爸爸在一次「風獵」中被一塊猛烈飛來的鐵塊擊中了腦袋，此後，媽媽的精神就沒法集中，眼前老是出現幻覺。每次媽媽和別的女巫、魔法師參加「風獵」，都會在風暴中看到爸爸的臉。

剛開始媽媽的幻覺不是那麼嚴重，還能跟著別的女巫們一起念咒語增強風力，後來媽媽的幻覺越來越嚴重，只要看見風暴，就會在風暴中看見爸爸。

半年前，媽媽的病情已經嚴重到不能參加「風獵」了，但好心的族人為了照顧媽媽，就把她安排在風暴的頂部收集「戰利品」。

雖然收集「戰利品」是一項很簡單的工作，但還是會遇到一些危險。參與「風獵」的女巫和魔法師製造出強大的風暴，把人類的東西席捲一空。那些衣服啊，酒瓶啊，箱子啊，打著旋兒，被狂風捲到天空中，媽媽就守在風暴頂部的雲上，把那些東西一一收集起來。

靠著媽媽在「風獵」中獲得的微薄收入，雲可青一家過著非常清貧的生活。所以，一直以來，媽媽都希望雲可青能夠早點畢業，一旦拿到了魔法證，她就可以參加「風獵」，為家裡增加收入了。

雲裡的女巫和魔法師分為兩個部落：彩雲族和白雲族。雲可青就是彩雲族的。彩雲族製造出的龍捲風，威力遠遠比不上白雲族製造出的風暴。這就是彩雲族的龍捲風魔法學校只剩三個學生的原因——別的同學都轉學到白雲族的颱風魔法學校去了。雖然他們的學校叫「颱風魔法學校」，但是，他們的魔法距離製造出一場真正的颱風還差十萬八千里。不過這沒有關係，至少，在「風獵」中，白雲族獲得的東西總是比彩雲族要多得多。

僅僅十幾年前，彩雲族和白雲族還互不往來，而現在，彩雲族的人差不多都加入了白雲族，兩個部落幾乎變成了一個部落。

媽媽也曾經跟雲可青說過好多次，讓她也轉學去颱風魔法學校，這樣將來在「風獵」中分得的「戰利品」也會更多，但是雲可青一直不願意。

雲可青不願意轉學去颱風魔法學校的原因，她從來沒有告訴過別人。

作為一個從小在雲中長大的女孩，雲可青從小就很厭惡「風獵」。她甚至認為，她們雲族利用龍捲風搶奪人類的東西，和土匪、強盜沒有任何區別！可是，她們要生存下去，就需要獲得賴以生存的東西。畢竟，雲裡什麼也沒有。

但奇怪的是，所有的雲族中，只有雲可青會這麼想。別的女巫啊、魔法師啊，都認為透過「風獵」獲得「戰利品」是天經地義的！就像那些生活在地面上的人類獵取兔子一樣，這事合理得不值得反駁。可是，雲可青卻注意到，雲族非常害怕被地面上的人類發現——簡直害怕到了極點！無論是白雲族還是彩雲族，族規的第一條就是：「嚴禁被人類發現。」

這種生活真沒意思！雲可青經常這麼想，既要搶劫別人，又像老鼠一樣害怕被人發現。

雲可青可從來不敢把這些想法告訴別人，即使是媽媽，她也不敢說。她知道，媽媽對她可是寄予了厚望的。

「你的魔法畢業考試準備得怎麼樣了？那些咒語都記住了嗎？」媽媽說這些話的時候，眼裡全是期待和關切。

但現在雲可青一點也不想談論魔法畢業考試的事，她鼓起勇氣問媽媽：「你覺得我們用魔法搶人類的東西，對嗎？」

媽媽放下手中的碗筷，瞪大眼睛看著雲可青，眼中滿是震驚。她一點兒也不明白，雲可青怎麼會問這麼古怪的問題。更荒唐的是，雲可青竟然用了「搶」字！她是不是面臨考試壓力太大，有點不正常了？自從雲族誕生以來，他們就是這麼生存的，這怎麼能算「搶」呢？

雲可青看到，媽媽眼神中的震驚逐漸變成了疑惑，又由疑惑變成了擔憂。

「別再瞎想了，好好複習吧！」媽媽的眼睛裡滿是擔憂和期望，甚至都不覺得有必要去說服雲可青，因為在她看來，雲族透過魔法獲得人類的東西，完全是一種再正當不過的謀生之道，就像貓吃老鼠一樣，是雲族世世代代一直遵循的自然法則，已經成了一種古老的傳統。

見雲可青低頭吃著飯，媽媽嘆了一口氣，接著說：「早知道你這麼胡思亂想的，就該讓你轉學去颱風魔法學校。你還記得那個叫『胡卷』的男生嗎？三年級時和你同班，後來轉學去了颱風魔法學校，現在可厲害了！他現在就已經參加『風獵』了！上次我遇到了他的媽媽，聽說胡卷在『風獵』中分到了一袋麵粉。」雲可青聽過颱風魔法學校的規矩，只有成績最好的畢業班的學生，才被允許偶爾參加一兩次「風獵」。

雲可青心裡卻在說：「明明是搶劫了一袋麵粉，有什麼好羨慕的？」

不知道為什麼，雲可青總是想，如果雲族不是靠風暴搶劫人類，爸爸就不會死。只有她自己明白，在內心深處，她一直不願意做一個依靠「搶劫」來謀生的人。每當這個時候，她心裡就會生出一個奇怪的信念：總有一天，我要讓雲族的女巫和魔法師憑藉魔法自力更生，不再搶劫人類。

現在媽媽動不動就提起別的同學如何如何，提起他們在「風獵」中的收穫，言語中充滿了羨慕，雲可青除了沉默，還能說什麼呢？

也許媽媽肩上的負擔實在是太重了！每次雲可青這麼想，就不再生媽媽的氣了。

「同學們！距離魔法畢業考試只有五天了！你們一定要充分利用這最後的時間，牢記所有的咒語！」教移雲術的蘇麗老師在課堂上非常嚴肅地說，然後伸出右手的五個手指。

所謂「移雲術」，顧名思義，就是移動雲朵的魔法。住在雲中的女巫和魔法師們，會用魔法製作一把雲做的掃帚，然後騎在這把掃帚上，靠咒語驅動這個掃帚形的雲飛起來，帶他們去他們想去的地方。利用移雲術，可以輕鬆地把一大團雲隨意移動。

製作掃帚的雲可不是普通的雲，那是一種被施了魔法的雲，被稱為「魔法雲」，軟軟的像棉花一樣。雲族的房子就是用這樣的雲建成的，輕飄飄又軟綿綿的，人可以在上面走來走去。

考試的前一天，龍捲風魔法學校年紀最大的風老太婆苦口婆心地對最後三個學生說：「明天你們就要參加魔法畢業考試了！一旦你們拿到了魔法證，就能成為真正的女巫或魔法師了！就能利用自己的魔法謀生了！真為你們感到高興！」風老太婆的頭髮已經花白，瘦瘦乾乾的像一根電線杆，看上去很難讓人相信她是一個教授魔法的老師，而且還是製造風暴的魔法。不過她非常有精神，對上課也一絲不苟，絕對不允許任何人在她面前念錯一句咒語。誰也不知道她的名字，老師們都叫她「風老師」，學生

們當面叫她「風老師」，背地裡叫她「風老太婆」或「風婆婆」，遇到她發脾氣的時候，就叫「瘋婆婆」。

「風老師，聽說龍捲風魔法學校就要關閉了，那你……」坐在雲可青後面的阿霞問。自從越來越多的同學轉學去了颱風魔法學校，很多老師也跟著去了颱風魔法學校。現在，整個龍捲風魔法學校，只剩蘇麗老師和風老

師了，眼看龍捲風魔法學校是經營不下去了。

風老太婆充滿傷感地看了阿霞一眼，「你們將是我帶的最後一屆學生，以後我就會離開這所學校，騎著我的掃帚雲四處遊蕩了。」

「那你靠什麼生活啊？」雲可青忍不住問。

「地上的小動物多著呢！雖然我已經很老了，但用魔法抓幾隻小動物還是挺容易的。」風老太婆說，表情平靜得像在說別人的事。

明天就是龍捲風魔法學校魔法畢業考試的日子。

2

唯一不能
順利畢業的學生

在一天又一天背誦咒語的嘈雜聲中，魔法畢業考試終於來了。

這一天，在風老太婆和蘇麗老師的帶領下，雲可青和其他兩名同學一起，來到一個小山村上空。這裡是風老太婆提前兩個月就選好的考試地點。

無論是在龍捲風魔法學校還是颱風魔法學校，參加畢業考試都是一件異常隆重的事情。一個女孩或者男孩到了十二歲，一旦成功獲得了學校頒發的魔法證，就成了一個真正的女巫或魔法師，就能名正言順地參加「風獵」了。雖然剛開始他們只能在旁邊幫幫忙，但是用不了多久，經過幾次鍛煉，他們就會成為真正的「獵手」。

按照雲族的傳統，魔法學校舉行畢業考試的那一天，所有的女巫和魔法師都必須到現場觀摩。雖然這屆龍捲風魔法學校的畢業考試只有三個學生參加，但雲族的所有女巫和魔法師還是按照傳統趕來觀摩了。這些女巫

和魔法師表情嚴肅地坐在各自的掃帚雲上，目不轉睛地盯著即將參加考試的學生。

在這些女巫和魔法師中，自然也有雲可青的媽媽。她盼這一天可是盼了好多年的！自從雲可青的爸爸去世後，媽媽就只能咬著牙一個人養活這個三口之家了。現在盼星星盼月亮，雲可青總算長大了，即將獲得魔法證，成為一名真正的女巫了。看到雲可青穿著嶄新的黑色魔法衣騎在掃帚雲上，媽媽的眼睛不由自主地濕潤了！

按照龍捲風魔法學校的老規矩，參加考試的學生抽籤決定考試的順序。抽籤結果很快就出來了，雲可青最後一個參加考試，她的同學古風風排在第一，阿霞第二。

古風風是一個胖呼呼的男孩，比雲可青還要大一歲，本來他去年就應該畢業的，但因為沒有拿到魔法證，只好再讀一年。古風風的腦子不是很好，不僅記不住那些複雜的咒語，還經常把咒語和魔法搞混，張冠李戴。比如，他會在應該念出移雲咒語時念出製造風暴的咒語，結果，他屁股底下的掃帚雲沒有移動，他自己反而差一點被風暴捲走。

「古風風！準備好了嗎？」神情嚴肅的風老太婆問古風風。

古風風的咒語一念完，就「刷」的一聲，直直地往下衝去。

風老太婆在身後大聲喊：「趕快念隱身咒語，注意隱身！」一直以來，生活在雲中的雲族都小心翼翼的，千方百計避免被地面上的人類發現，只要他們從雲裡出來，就一定會用魔法隱身。

古風風和他的掃帚雲在離地面幾十米高的地方消失了。風老太婆長長地舒了一口氣：「謝天謝地！他終於隱身了！」

又過了兩分鐘，下面的風終於刮起來了。但是所有人都感到奇怪。

雲可青所在的龍捲風魔法學校，向來最擅長製造龍捲風的魔法。按理說，一直在龍捲風魔法學校學習的古風風，應該製造出一股漏斗狀的龍捲風才對，可下面的那股風暴，看上去更像一個被壓扁了的矮冬瓜，上面和下面完全一樣粗，範圍擴大了許多，風力也顯得非常弱小。

在女巫和魔法師面前製造出這樣的龍捲風來，實在是太丟臉了！雲可青甚至聽到有魔法師笑了起來，一邊笑還一邊說：「這可是名副其實的『冬瓜牌』龍捲風啊！」

在雲可青的魔法課上，風老太婆早就反覆強調過，想要製造出一股像樣的龍捲風來，就必須注意龍捲風的結構，最好的龍捲風一定是漏斗狀的。而且，「漏斗」的下部越細越好，下部越細，風的力量就越是集中。所以，想要製造出強大的龍捲風，就必須不斷地一邊念咒語一邊擠壓龍捲風的下部，把龍捲風的力量狠狠地「壓」下來，壓到接近地面為止。

果然，古風風的「冬瓜牌」龍捲風慢慢接近了小山村，卻連山腳下那座矮小的茅草屋的屋頂都掀不動。

風老太婆臉色鐵青地盯著那個茅草屋，一言不發。

如果這時古風風趁機擠壓龍捲風的下部，或許還來得及。可他好像不服氣似的，竟然和下面這個最破舊的茅草屋較上了勁。古風風不僅沒有擠壓龍捲風，還讓龍捲風停在了茅草屋上面，可他的龍捲風範圍太大，力量太小，根本拿這個小小的茅草屋沒有辦法。一時之間，龍捲風竟然和茅草屋僵持起來了。

又過了好幾分鐘，古風風終於開始著急起來，想把龍捲風轉移到一個更破舊的屋子上去，速戰速決。可古風風剛讓龍捲風的中心向前移動了不到十米，就看到稻草啊、雞毛啊，呼啦啦打著旋兒四處亂飛，一陣雞屎味兒撲面而來。

古風風正要躲開，卻聽到一陣「咯咯咯」

的叫聲，一隻大花雞竟然也撲扇著翅膀四處亂跳。

原來，他的龍捲風剛剛掀掉了這隻大花雞雞圈的屋頂！

古風風顧不上雞毛啊、雞屎啊、稻草啊忽忽地往自己身上飛，忽然靈機一動，如果能抓住那隻大花雞，也算有「戰利品」啊！照樣能獲得魔法證。

想到這裡，古風風突然精神來了，騎著掃帚雲竟然衝到龍捲風旁邊，開始圍著龍捲風轉圈兒飛，不停地念著咒語，又擠壓龍捲風的下部。

古風風忙活了幾分鐘後，他的「冬瓜牌」龍捲風已經煥然一新了，雖然下部還不夠細，但已經有了「漏斗」的雛形，而且，還在慢慢地接近「漏斗」的形狀。

大花雞驚恐萬狀地撲打著翅膀，在龍捲風中忽上忽下地拚命掙扎。只要再加把勁，龍捲風就能將這隻大花雞捲上天空了。見到這種場面，早已

大汗淋漓的古風風反而更來勁了，他開始加快速度，用更大的力氣擠壓龍捲風的下部。龍捲風被擠壓得越來越像一個「漏斗」後，威力開始顯現，猛地一下就把大花雞捲了起來，旋轉著往天上飛去。

古風風小心翼翼地移動著龍捲風，帶著「戰利品」，朝天上飛去。

不知道是被龍捲風旋轉得頭暈眼花了，還是掙扎得精疲力盡了，大花雞竟然已經呆掉了，傻傻地任由風暴裹挾著飛上了天。

當著風老太婆的面，古風風一把抓住了大花雞，解除了隱身咒語，有點不好意思地把雞遞給風老太婆。

風老太婆一臉憤怒地擺擺手：「拿開！拿開！哼！沒出息的傢伙！我可從沒教過你掀雞窩的魔法！」

坐在不遠處的女巫和魔法師都覺得很有趣，哈哈大笑。可他們越笑，風老太婆就越是生氣。風老太婆每次上課都會反復叮囑，讓學生記住掀掉屋頂的訣竅，可眼前這小子倒好，當著這麼多人的面，竟然掀掉了雞圈的屋頂！真是太丟臉了！

有一個魔法師笑著打趣說：「掀雞窩的魔法也不錯啊！以後不愁沒雞蛋吃了！」

風老太婆氣呼呼地瞪了那個魔法師一眼，然後對古風風說：「明天到學校來領魔法證吧！臭小子！」

「哈哈！到時候風老太婆不會在魔法證上蓋一個雞窩狀的印章吧？」雲可青聽到身後有人笑著說。

「阿霞，趕快下去吧！——別忘了隱身！」風老太婆大聲催促道，她當魔法老師這麼多年了，可從沒像今天這麼丟臉！

阿霞答應了一聲，迅速隱身，騎著掃帚雲往下面飛去。

幾分鐘之後，剛剛平靜下來的小山村再一次刮起龍捲風。並且，這一

次的龍捲風可比上一次的「冬瓜牌」龍捲風猛烈得多。

看到眼前的情景，風老太婆臉上露出滿意的笑容。

阿霞果然沒讓風老太婆失望，她的龍捲風剛一抵達之前古風風死活掀不掉的茅草屋，屋頂上的大石塊就被捲了起來，像幾個爛蘋果一樣翻騰著被扔得老遠。然後，嘩啦啦的，屋頂開始被掀了起來，茅草劈哩啪啦亂飛。

風老太婆眼裡露出讚賞的光來。

看到整個屋頂被掀開，四周由泥巴糊成的牆壁搖搖欲墜，雲可青感到一陣徹骨的心疼。這個茅草屋裡的一家人肯定非常貧困，就像媽媽含辛茹苦地拉拔她和妹妹一樣，肯定連溫飽都還沒解決，只能躲在這狹小破舊的茅草屋裡勉強支撐。現在一陣龍捲風就掀掉了他們的屋頂，他們恐怕連這樣一個破舊的家都沒有了！

此時此刻，雲可青真希望阿霞那強大的魔法暫時失靈，龍捲風一下消失掉。

屋頂上的茅草很快被席捲一空。這時，大家才看到，一個中年婦女抱著兩個小孩，躲在牆角瑟瑟發抖。

看到此情此景，雲可青難受極了，拚命忍住才沒讓眼淚流出來。她多麼希望自己能夠衝下去救出那一家人啊！

讓所有人感到意外的是，阿霞製造的這麼猛烈的龍捲風，竟然推不倒茅草屋的牆壁。而且，龍捲風撞到這些泥巴糊成的牆壁上，竟然還減弱了許多，這讓一向爭強好勝的阿霞惱怒起來。

阿霞開始一邊念咒語，一邊全力擠壓龍捲風的下部，龍捲風越來越猛烈，地面上飛沙走石，茅草屋被龍捲風包圍住了，四周泥巴糊成的牆壁上大片大片的泥巴已經脫落。直到這時，阿霞才失望地發現，這些被泥巴糊住的牆壁裡面整整齊齊地疊著一塊塊長條大青石，以她一個人的魔法，是不可能讓龍捲風捲走這些大石塊的。

這時阿霞已經累得氣喘吁吁、精疲力盡了。

按照考試規則，只要阿霞能用龍捲風捲走一樣人類的東西，這次考試就算及格了。她圍著龍捲風轉了一圈，欣喜地發現，龍捲風已經捲起了一大堆東西，只不過這些東西散落著，隨風旋轉著，在空中亂飛。

阿霞慢慢移動著龍捲風，控制著龍捲風往天上飛去。

在離風老太婆還有十幾米遠的地方，阿霞解除隱身咒語，讓龍捲風停住，開始清點自己的「戰利品」。

龍捲風打著旋兒把一個紅色的東西送到阿霞身前，她順手抓住那個東西一看，臉一下子紅到了脖子根——那竟然是一塊小孩子的紅布肚兜！阿霞想都沒想，就隨手扔了出去，捲到這種東西，真的比掀了雞窩還丟臉！

阿霞繼續清理「戰利品」，沒想到拿到的東西一件比一件讓人難堪！

首先是一塊散發著臭氣的抹布，接著是一個破了一個洞的水壺，最後竟然是一隻破得棉絮都露出來了的舊棉鞋。

「收穫還挺豐富的！」阿霞聽到身後有人陰陽怪氣地說，她轉過身，風老太婆和那些女巫、魔法師不知什麼時候已經來到了她的身後。

風老太婆臉色鐵青，滿臉失望，一句話也不說。

阿霞顯得很尷尬，手上拿著紅布肚兜和舊棉鞋，想交給風老太婆，又不敢。

「你還拿著那些破東西幹嘛？」風老太婆終於說話了，「明天來拿魔法證吧！」

阿霞趕緊丟掉了手上的東西，逃也似的向風老太婆身後飛去。

終於輪到雲可青考試了。

風老太婆面無表情地看了雲可青一眼，對她說：「可以開始了！」

雲可青深吸一口氣，念完隱身咒語，就騎著掃帚雲俯衝直下。

雲可青的掃帚雲停在剛剛那個被掀掉屋頂的茅草屋上空，屋內一片狼藉，幾個破舊的櫃子東倒西歪，有一個櫃子裡的碗全摔碎了，滿地是碎瓷片，屋內到處散落著一根根茅草。中年婦女已經開始清理屋內的東西了，她和那兩個小孩一起使勁推一個倒在地上的櫃子，想把櫃子放回原處。

不久之前，這裡還是一個雖然貧窮但溫暖的家，而現在，一場突如其來的龍捲風後，只剩下滿目瘡痍了。

雖然這並不是雲可青幹的，但她卻湧起一股莫名的罪惡感。她想，如果那些人知道這場龍捲風是一個雲族的女孩所為，不知會怎樣痛恨和咒罵。

雲可青浮想聯翩的毛病又犯了。她從上面下來已經五分鐘了，卻還沒有開始製造龍捲風。

雲可青繼續在山村上空徘徊，從一個屋子上飛到另一個屋子上，直到查看完這個小山村所有的房子，卻還是遲遲下不了手——她不願意去親手毀掉別人的家。在她看來，那是不可饒恕的罪過。

現在距離雲可青下來已經過了十幾分鐘，上面的人見下面依然一片安靜，都懷疑雲可青出事了。

雲可青也開始焦急起來。

突然，一連串狗叫聲吸引了雲可青的目光。

雲可青忽然想到，她完全可以抓住這隻小狗，把牠當作這次畢業考試的「戰利品」！這樣既可以順利獲得魔法證，也不用毀掉別人的房子了！

雲可青為自己能想出這麼絕妙的主意而欣喜萬分，立刻就開始念起咒語，製造龍捲風。

院子裡的小狗不僅能看見雲可青，牠似乎還明白雲可青想要幹什麼，竟然叫得更大聲了。

雲可青可不敢再耽擱時間，就急忙集中精力念咒語製造龍捲風。院子裡頓時飛沙走石，被龍捲風捲起來的沙子和小石塊打在牆壁上，劈哩啪啦地響。

雲可青開始圍著龍捲風一邊念咒語，一邊擠壓龍捲風的下部。龍捲風已經把狗圍在中心，只要風力再強一些，就可以把小狗捲起來。

小狗憑藉著動物的本能，意識到了即將到來的危險，不僅衝著雲可青一陣撕心裂肺地狂吠，還左衝右突地想要逃離龍捲風的中心。

雲可青靈活地控制著龍捲風的位置，讓龍捲風隨著小狗移動，始終把小狗籠罩在中心。

沒過一會兒，龍捲風變成了一個標準的漏斗形，風力大增，輕而易舉地將小狗捲了起來。雲可青不敢鬆懈，一邊讓龍捲風往上飛去，一邊繼續保持風力。

小狗被龍捲風攪得暈頭轉向，連叫的力氣都沒有，只是不斷地小聲哀嚎著。

雲可青看到勝利在望，就鬆了一口氣，解除了隱身咒語。雖然這隻狗算不上什麼難得的「戰利品」，但總比古風風的雞和阿霞的紅布肚兜拿得出手。

在離風老太婆她們還有二十多米遠的地方，雲可青沒有繼續移動龍捲風。她趁著小狗奄奄一息，把小狗從龍捲風中抓了出來，放到身前的掃帚雲上。

小狗可憐巴巴地縮成一團，充滿警惕地瞪著雲可青。雲可青想安慰一下這個可憐的小傢伙，就伸手想摸一摸牠的腦袋。沒想到，雲可青的手剛一伸過去，小狗就狠狠咬了一下雲可青的手，疼得雲可青身體一歪，差點從掃帚雲上掉下去。

可當雲可青重新坐好時，卻發現小狗不見了。幾乎就在同時，那些圍觀的女巫和魔法師中有人大聲喊道：「噢！小狗掉下去了！」

雲可青急忙往下看，果然看見一團黃色的東西掉了下去。

「雲可青！快過來！」雲可青聽到不遠處的風老太婆對自己喊。她知道風老太婆一定已經看見了剛才的一幕，只好低著頭惶恐地飛了過去。

「按照考試規則，你不能獲得魔法證！」風老太婆嚴厲得可怕的語氣，好像在對雲可青的命運進行宣判一樣。

雲可青怔住了！她從來沒想過，自己這麼優秀的學生竟然不能獲得魔法證！

「風老師！求求你，再給可青一次機會吧！如果沒有魔法證，可青以後怎麼生活啊？」雲可青抬起頭，媽媽不知道什麼時候飛到了自己身邊。

媽媽說著，眼淚就掉下來了。她是一個成年人，知道魔法證對一個女巫的重要性。

風老太婆顯得很為難，她對雲可青的媽媽說：「我們龍捲風魔法學校明天就要關閉了！不然的話，可以讓雲可青再學一年，明年再考一次。現在……」風老太婆皺眉沉思了一下，就說，「這樣吧，你明天去颱風魔法學校找一下他們的校長，校長楊子飆是我的學生，我幫你寫一封信。他們颱風魔法學校後天也要舉行魔法畢業考試了，到時候就讓雲可青和颱風魔法學校的學生一起再考一次。」

雲可青的媽媽好像抓到一根救命稻草一樣，兩眼放光，她向風老太婆一再道謝後，才和雲可青一起離開了。

望著雲可青的背影，風老太婆惋惜地搖了搖頭。

3

颱風魔法學校
有史以來最優秀的
畢業生

第二天上午，媽媽帶著雲可青從風老太婆那兒拿到了一封信，然後馬不停蹄地往颱風魔法學校趕去。

颱風魔法學校藏在一個形如臉盆的巨大雲團中，雲團中間全都是空的，用雲建成的教室圍了整整一圈，看起來像「臉盆」的盆壁，中間是一個巨大的廣場，用來作學校的操場，算是「臉盆」的底部。這些雲都是被施過魔法的，上面可以承載重量。在雲團的上面，飄浮著一塊更大的白色薄雲，既可以為學校遮擋太陽，又可以將下面的學校隱藏起來。這塊雲由學校派人專門管理，負責人經常會讓雲上出現一些鏤空的圖案，所以，廣場上總是能看到陽光從雲上射下時留下的文字或者圖案。有時候是一些鼓勵學生的話：「明天你想製造什麼樣的風暴，取決於你今天學到的魔法！」有時候是一些警示學生的話：「禁止用魔法打鬧。」

媽媽找到校長室，把信交給校長。

颱風魔法學校的校長是一個長得非常魁梧的魔法師，叫「楊子飆」，也是白雲族的族長。看完風老太婆的信，他對雲可青的媽媽說：「正好明天我們學校就要舉行魔法畢業考試了，明天早上八點，你讓女兒來吧！」

媽媽一聽，連忙道謝。

楊子飆擺擺手，冷淡又嚴肅地說：「這可是最後一次機會了！如果明天的考試依然不過關，那我可就幫不了你們！而且，我們颱風魔法學校的考試比你們龍捲風魔法學校的考試可嚴格得多！」

媽媽連忙說：「我們知道了！我們家可青成績一向數一數二的，只是這次發揮失常……」

「好了好了！我讓祕書帶你們去登記吧！」楊子飆不耐煩地打斷了媽媽，然後讓祕書帶媽媽和雲可青出去了。

能夠再次獲得考試的機會，雲可青竟然沒有一絲的開心，她腦海裡反復出現楊子飆那副不耐煩的表情。她現在真是說不出的後悔，她既丟了自己和媽媽的臉，也丟了龍捲風魔法學校的臉。

從颱風魔法學校出來的時候，雲可青咬著牙一句話也沒有說。媽媽也沒有說話，但雲可青知道，媽媽一定很想對她說，讓她努力考試，一定要拿到魔法證。

媽媽不說話，只是因為她相信雲可青，因為雲可青是她的女兒。另外，她也不想雲可青有太大的壓力。

第二天早上六點，媽媽就把雲可青叫醒了。她和雲可青一起吃完早餐，出門時，她用手摸了摸雲可青的腦袋，只是平靜地說：「別再胡思亂想了，好好考試吧。」

雲可青默默地點點頭。

媽媽送雲可青到颱風魔法學校的廣場後，就離開了。

望著媽媽離去的背影，雲可青心裡湧起一陣酸楚。她暗暗發誓：「這次一定要通過考試，絕不能讓颱風魔法學校的人小看自己！」

每一位老師點完名後，就帶著各自的學生離開了廣場，朝早已選定的考試地點飛去。

大概半個小時後，雲可青跟著隊伍來到了一個小鎮上空。颱風魔法學校的校長和老師，還有雲族的所有女巫和魔法師，早就騎著掃帚雲等在小鎮的上空了。

為了給考試創造更好的條件，此時的小鎮上空早已烏雲密布了，這些又密又厚的雲層都是颱風魔法學校的老師提前從別的地方移過來的。

「現在，你們前面五個同學可以下去了！各自開始考試，記住隱身！」一位老師大聲說。

五個同學騎著掃帚雲飛速從雲中俯衝下去。雲可青看到，他們在衝出烏雲的一瞬間，突然隱身了。真沒想到，他們的隱身魔法竟然嫻熟到這種地步了，可以說是分毫不差。雲可青頓時肅然起敬。

僅僅幾分鐘，五個同學就分散著降落到小鎮的上方。雲可青這才發現，這個小鎮上的房子幾乎都是用紅磚水泥砌成的，比昨天他們在山村見到的茅草屋結實得多。

雲可青的臉一直紅到脖子，她覺得很不好意思，颱風魔法學校竟然敢選擇這麼結實的房子，難怪要看不起他們龍捲風魔法學校呢！

不一會兒，五個同學各自製造的風暴開始席捲整個小鎮，小鎮頓時天昏地暗，飛沙走石，街道兩邊的看板被碎石打得劈哩啪啦直響。

雲可青看到，其中一股風暴威力巨大，竟然將街道邊的一根電線杆拔了起來，還旋轉著拋上了天空！她聽到身後的老師稱讚道：「胡卷同學的魔法果然了不起！」

那個同學就是胡卷!?雲可青心裡一驚。

胡卷製造的強大風暴宛如一根巨大的黑色柱子，迅速在小鎮上移動著。雲可青感到很奇怪，街上這麼多房子，胡卷到底在找什麼呢？

眼看著胡卷的風暴移動到了一個小超市的上空，雲可青才明白他的用意——原來他的目標是這個超市啊！

他的野心也太大了吧！雲可青想。這個超市的屋頂雖然並不是用鋼筋和水泥澆灌的，但畢竟是一棟兩層小樓，而且屋頂還鋪著一種非常結實的薄鋼板。雲可青不禁感到奇怪，胡卷能用風暴掀起這棟小樓的屋頂嗎？

這時，風暴已經將小樓團團圍住，搖晃著小樓脆弱的部分，二樓外面那塊巨大的看板被風暴捲了下來，像一片樹葉被刮走了。

在風暴的猛烈攻擊下，整棟小樓開始劇烈震動起來。

看到風暴和小樓陷入僵持中，雲可青以為胡卷要開始擠壓風暴的下部，但很快她發現自己想錯了。

胡卷並沒有擠壓風暴的下部，而是在這股強大的風暴周圍，迅速又製造出了三股較小的龍捲風。這三股較小的龍捲風剛一出現，就以迅雷不及掩耳之勢增強，原本粗壯得如同柱子一樣的龍捲風竟然同時被擠壓，迅速接近漏斗的形狀。

眼前這一幕，真的讓雲可青大開眼界了！她非常好奇，胡卷究竟是用什麼方法，同時控制著三股龍捲風的？而且，他究竟是用的什麼魔法，竟然可以同時擠壓三股龍捲風？

三股越來越強的標準漏斗形龍捲風迅速向中間那股風暴靠近。三股龍捲風和中間那股風暴融合的那一瞬間，一個震耳欲聾的霹靂般的聲音從風暴的中心傳了出來。

得到三股龍捲風的融合，最初的那股風暴風力大大增強。小樓就像巨浪中的一片葉子，被一波接一波的大浪衝擊著。

「嗯！這個『三龍取水』的魔法運用得出神入化，真是青出於藍而勝於藍啊！」雲可青聽到身邊一位老師讚嘆道。

原來這個魔法叫「三龍取水」啊！雲可青從沒想到，世上竟然有這麼強大的魔法！

雖然胡卷運用了「三龍取水」的魔法，但是，力量增強之後的風暴還是沒能很快將小樓的屋頂掀掉。

雲可青暗暗祈禱，希望胡卷不要再堅持下去，如果能從小樓外面撿到什麼東西，就這麼結束也挺好的，反正也能獲得魔法證。

但是雲可青想錯了。像胡卷這樣有著雄心壯志的同學，怎麼可能願意在所有女巫和魔法師的注視下，隨便撿一個東西當作他考試的「戰利品」呢？他不僅決心獲得颱風魔法學校有史以來最多的「戰利品」，還發誓要將自己學到的高超魔法一一展現給所有的女巫和魔法師看。按照魔法學校的規矩，畢業考試不僅是獲得魔法證的唯一方法，還是展現自己魔法，體現自己領導力和意志力的好機會。如果在畢業考試中表現異常突出，畢業生不僅可以在之後的「風獵」中獲得更高比例的分配，還有機會被推舉為「風獵」的領導者。胡卷早就立志成為整個雲族的下一代領導者了。

這麼一來，胡卷不僅沒有及時結束考試，還將風暴重新分成了十幾股龍捲風。他到底想幹嘛呢？雲可青更加驚訝了，如果說讓龍捲風融合在一起是為了增強風力，那麼，讓龍捲風分成這麼多股又是為了什麼呢？

這時連魔法學校的老師都看糊塗了，連連搖頭說：「這……這簡直是胡鬧嘛！怎麼可以將辛辛苦苦製造出的風暴拆開呢？」

但雲可青已經不敢小看這個胡卷了。她隱隱覺得，胡卷這麼做，一定有他的道理。她懷疑胡卷在嘗試新的方法。

果然，十幾股龍捲風開始重新包圍整棟小樓，不約而同地向小樓發起新的進攻。但雲可青看到，胡卷並沒有讓這十幾股龍捲風盲目地衝擊這棟小樓，而是讓龍捲風分別衝擊每一扇窗戶。

直到這時，雲中的女巫和魔法師們才明白，胡卷是想以窗戶為突破口。一旦龍捲風突破了窗戶，就相當於在一道堅固的堤壩上打開了缺口，那十幾股龍捲風自然就能輕易鑽入樓內，從裡面開始衝擊整棟小樓。

堡壘最容易從內部被攻破！

連一分鐘都不到，小樓的窗戶就相繼被一股股龍捲風撕碎、攪亂、捲走了。接著，十幾股龍捲風迅速從各個窗戶中鑽入小樓內部了。

此時，胡卷的魄力連颱風魔法學校的校長都自愧不如了。

剛剛分開的十幾股龍捲風像老朋友一樣，又見面了，重新匯合成一股巨大的風暴，在小樓內部瘋狂翻攪著，像一條發瘋的巨龍。

首先是由薄鋼板鋪成的二樓，屋頂被龍捲風揭開了，就像從一個人身上揭掉一塊小小的繃帶一樣。跟著一塊塊鋼板亂飛，被龍捲風捲得無影無蹤了。然後，所有的人都看到，整個二樓裡的東西全都被龍捲風捲了起來，漫天飛舞著。看樣子二樓是個倉庫，存放著許多商品，飲料瓶子啊、糖果啊、巧克力啊、一袋又一袋白米啊，旋轉著飛上了天空。

沒過幾分鐘，龍捲風就帶著颱風魔法學校史上最豐富的「戰利品」飛上了天空。

胡卷交出的考卷實在是太精彩了，說是整個颱風魔法學校史上最精彩的考試也不過分！到這時，所有的女巫和魔法師都被胡卷精彩的魔法吸引住了，並且讚不絕口。甚至沒有人去觀看其他學生的考試了。

二樓的東西被席捲一空後，雲可青想，這次胡卷該收手了吧？他已經證明了他的魔法實力了！但雲可青又一次想錯了！胡卷開始把所有的龍捲風集中到一樓，把一樓的商品攪得天翻地覆，其中有許多裝著零食的塑膠袋從被吹壞的窗戶中飛了出來。在一樓重新合成一股的龍捲風突然破門而出，裹挾著成堆的飲料瓶子和袋裝零食。在這些飲料和零食後，跟著一個長方形的巨大東西。

雲可青聽到身邊一個老師失聲喊道：「這個臭小子！原來是為了一台冰箱啊！」

雲可青這才看清楚，那個長方形的東西竟然是一台白色的冰箱。咦？不對！那個冰箱上怎麼還連著一大塊東西？雲可青定睛一看，發現那個大東西竟是一個男孩，男孩緊緊抱著冰箱，嚇得不停地尖叫。

讓雲可青生氣的是，胡卷明明知道冰箱上有一個男孩，卻一點兒也沒有放下冰箱的意思，反而繼續增強風力，裹挾著冰箱向上飛去。

冰箱被風暴捲了起來，在風暴中打著旋兒。

Super
market
open
SA
!!

雲可青擔憂地想，這可怎麼辦？那個男孩隨著冰箱飛速旋轉著，只剩一隻手抓在冰箱的門上，看樣子他已經撐不住了！

就在男孩鬆手的一瞬間，雲可青騎著掃帚雲衝了過去。在她眼裡，沒有什麼比一個男孩的生命更重要。

4

為了救人，被逐出雲族

在離地面只有十幾米高的空中，雲可青終於抓住了男孩的手臂。但是雲可青竟忘了隱身！她一輩子都不會忘記，當男孩看到她時，那驚訝的表情。

當雲可青俯身衝下雲端的時候，颱風魔法學校的幾個老師馬上跟了下來。

雲可青費盡力氣把男孩拉上了掃帚雲。

「喂！你……你……到底是誰？」男孩驚恐萬狀地問。

雲可青笑了笑，說：「放心！我不會傷害你的，我只想把你送回家！但你必須答應我一個條件！」

「什麼條件？」男孩好奇地問。

「等你回到地面上，不能告訴任何人你遇到過我，也不能告訴任何人關於我的事！」雲可青說。

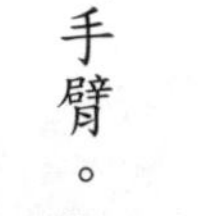

「這個……」男孩想了想說，「我既不知道你是誰，又不知道你為什麼會飛，就算我把今天的事告訴別人，也肯定不會有人相信。」

雲可青想了想，覺得很有道理，這才放下心來。

雲可青忽然感覺自己的掃帚雲停了下來，她一轉身，三個魔法師同時從後面抓住了她的掃帚雲。這時，坐在她前面的男孩也被兩個魔法師從掃帚雲上抓走了。

男孩驚恐地掙扎著，大叫：「你們為什麼抓我？你們是誰？」

「別動！掉下去可就沒命了！我們要帶你走！」一個魔法師回答說，「你看到了不該看的祕密！」

雲可青和男孩一起被人緊緊抓住，被迫坐在一個魔法師的掃帚雲上，向雲上飛去。

雲可青連忙解釋：「雖然他看見了我，但他已經答應我了，絕不把看

見的事告訴別人。你們就放了他吧！」

「你叫『雲可青』，對吧？」沒等雲可青回答，對方就接著說，「你已經違反族規了！肯定會受到懲罰！你讓人類看見了你！所以我們要帶你們回去。至於這個男孩，應該交給族長處理！」

「可他已經答應我了，絕不洩漏祕密！」雲可青憤怒地喊道，「你們為什麼就不能相信他呢？」

「是不是相信他，應該由雲族的族人決定！怎麼能由你說了算呢！」對方輕蔑地說。

雲可青不再說話了，她知道說什麼都沒用了。她開始想辦法逃走。

又過了一會兒，他們終於飛進了雲中。趁著這個機會，雲可青開始偷偷念著咒語，製作掃帚雲。

掃帚雲剛剛製作了一半，雲可青就看到，在颱風魔法學校的外面，黑

壓壓的一大片，雲族的女巫和魔法師全都來了，騎著掃帚雲等在校門口。

如果再不逃走，就永遠不會有機會逃走了！雲可青趁抓她的魔法師沒有防備，猛地轉身推了對方一把，然後跳上自己的掃帚雲，對男孩大聲喊道：「快跳下去！我會接住你的！」坐在雲可青身後的魔法師被推得從掃帚雲上掉了下來，他的雙手緊緊抓住掃帚雲，拚命掙扎著往上爬。周圍的幾個魔法師也迅速圍了過來，情況一下子變得非常危急。

在這危急的關頭，男孩竟然一下子明白了雲可青的話，大聲喊道：「我跳了！」他在跳下去的時候也猛地推了剛剛爬上掃帚雲的魔法師一把，這個倒楣的魔法師這次可沒有剛剛那麼幸運，他的屁股還沒來得及在掃帚雲上坐穩，就掉下了掃帚雲。

剩下的幾個魔法師不約而同騎著掃帚雲去救掉下去的魔法師，雲可青趁機接住了跳下來的男孩，急忙朝與學校相反的方向飛去。

雲可青還沒來得及喘口氣，就聽身後有人大喊：「他們在那邊！」雲可青這才想到，男孩沒有隱身，不管她帶著男孩飛到哪裡，雲族的女巫和魔法師們都能看到他們。

雲可青來不及細想，就騎著半截掃帚雲直直地往上飛去。她知道，現在只有盡快飛進天上的雲裡，才有可能擺脫追捕。

雲可青帶著男孩剛飛進厚厚的雲層中，一群女巫和魔法師緊隨其後也跟了進去。

「喂！……你還好吧？」一進入雲中，雲可青終於有機會跟男孩說話了。

「嗯。我沒事！——你要把我帶到哪裡去啊？」男孩問，「對了，我叫『丁閃閃』，你叫『雲可青』吧？」

「你怎麼知道我叫『雲可青』啊？」話一出口，雲可青就馬上想起，

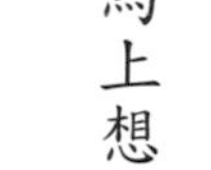

之前有一個魔法師當著男孩的面叫過她的名字。

「我聽到有人喊你！」丁閃閃說，接著滿臉委屈地問，「他們為什麼要抓我啊？」

雲可青嘆了一口氣，就把雲族的事情告訴了丁閃閃。

丁閃閃對雲可青的話依然半信半疑，就問：「現在的雷達技術這麼先進，如果你們真的住在雲中，肯定早就發現你們了！」

雲可青現在可沒心情和他討論人類的高科技，她滿腦子想著怎麼幫助丁閃閃逃脫雲族的追捕。她擺擺手說：「別以為你們人類的高科技有多麼先進，你看看現在，我不就坐著掃帚雲在天上飛嗎？這就是我們的魔法！你們人類能懂嗎？自然了，我們還有一些別的魔法，可以讓我們隱藏在雲中，你們人類的雷達是發現不了的！他們只會看到一團一團的雲！」

丁閃閃沒有再說話，他覺得雲可青的話還是有一些道理的，雖然現在

的高科技很發達，但世界上依然有很多奧祕，人類無法解釋。

雲可青和丁閃閃騎著掃帚雲在這團雲中轉悠了半天，忽然聽到前面有人說話，她悄悄地飛了過去，發現他們已經被包圍了。

原來，這團雲並不大，看見他們飛進雲中後，一大群女巫和魔法師就立刻包圍了這團雲。

雲可青和女巫、魔法師們在雲中周旋了半個多小時，忽然聽到有人大聲喊道：「雲可青，我是颱風魔法學校的校長，也是雲族的族長，請你馬上出來！」

是楊子飆的聲音！雲可青沒有回答。

楊子飆接著喊：「如果你不出來，不把那個人類男孩交給我們，你不僅不能獲得魔法證，還將被逐出雲族！」

什麼!?要將我逐出雲族？雲可青愣住了，她只是想救丁閃閃，從來沒

想過會受到這樣的懲罰。

「如果你把我交給他們，他們會把我怎樣？」丁閃閃好奇地問。

「他們最有可能做的，就是把你關在一個隱蔽的地方，永遠不讓你離開！」雲可青沮喪地說。

「啊!?終身監禁？」丁閃閃大驚失色地喊道。他實在無法理解，怎麼能僅僅因為自己看見了雲可青，就被終身監禁呢？

「幾千年以來，生活在地面上的人類從來不知道雲族的存在；而雲族呢，一直都依靠風暴搶奪人類。雲族的這種生活方式之所以能夠持續這麼久，就是因為我們從來沒有被人類發現過。你想想吧，如果有一天，人類發現了雲族，他們會怎麼樣？」雲可青向丁閃閃解釋。

「這……」丁閃閃一時沒敢說下去。如果人類知道雲裡住著這麼多女巫和魔法師，而這些女巫和魔法師竟然依靠風暴搶奪人類，不用說，人類

肯定會把他們當作敵人，毫不猶豫地用最先進的武器攻擊他們，消滅他們。

雲可青心亂如麻，根本不知道該怎麼辦。就在這時，前面突然傳來「轟」的一聲雷響，雲可青和丁閃閃沒有任何防備，差點被震得掉下掃帚雲。

雲可青聽到有人大聲喊道：「不好！前面撞上一塊雲層了！」

雲可青一聽，立刻反應過來，這可是逃跑的大好時機啊！沒有絲毫猶豫，她就騎著掃帚雲向聲音傳來的方向衝去。

雲可青趁亂順利衝過了亂成一鍋粥的女巫和魔法師，藉著雲層的掩護，快速向前飛去。

女巫和魔法師們嘈雜的聲音被他們拋在了身後，漸漸聽不到了。

5

隱藏在雲中的
神祕球體迷宮

雖然從雲族的包圍中逃了出來，但雲可青還是不敢大意。她知道，如果她不能盡快找到一個藏身之處，雲族的女巫和魔法師還是會找到她的。

幸好今天的天空中烏雲密布，雲可青才能趁機帶著丁閃閃從一片雲溜進另一片雲，一直到晚上，連她自己都記不清穿過了多少片雲。

他們一直盲目穿行在一片漆黑的雲層中，像瞎子一樣，壓抑得難受。為了透透氣，雲可青騎著掃帚雲鑽出雲層，飛到雲層上面。他們剛從雲中鑽出，就看到頭頂上灑下一片星星點點的星光，把身邊的雲層照得煙霧繚繞，好像仙境。

雲可青的隱身咒語不知什麼時候已經失效了，借著月光，丁閃閃回頭一看，雲可青痛苦地閉著眼睛，眼淚流過她的臉龐。在月光的照耀下，雲可青臉上的眼淚像珍珠一樣閃著微弱的光，顯得晶瑩剔透。

「你……你哭什麼啊？」丁閃閃很驚訝。

雲可青擦掉眼淚，對丁閃閃說：「你知道嗎？我討厭用魔法搶劫別人！討厭製造風暴掀掉別人的屋頂！更討厭偷偷摸摸地生活在雲中，像一個強盜一樣活著！我更希望可以利用自己的魔法生存，不用傷害別人！不用搶劫別人！」雲可青第一次覺得這麼輕鬆，她終於有機會把心裡的話全都說出來。以前她周圍不是老師，就是同學，她不敢對任何人說起自己的想法。越是長大，她就越覺得自己和周圍的人不同，除了她，每個雲族的人都認為「風獵」是一種古老的傳統，是雲族天經地義的謀生手段，它的存在是完全合理的！

丁閃閃仔細想了想，終於明白了雲可青的意思，就說：「你可以用魔法幫助人類啊！這樣人類會付給你報酬的，你就不用搶劫了！」

「不行的！這樣人類會知道我們的存在！」雲可青搖搖頭說。

丁閃閃忽然大叫一聲：「我想到了一個好辦法！既可以讓你依靠魔法

生存，又不被人類發現，還不用傷害和搶劫人類！」

雲可青眼睛一亮，卻不相信，「你逗我吧？哪有這麼好的辦法！」

丁閃閃的姥姥生活在草原上，每年的暑假，他都會到姥姥家去玩。在一望無際的大草原上，丁閃閃看見過一架接著一架的機器，每一架機器上都有三片大大的可以轉動的葉片，有風吹過的時候，這些葉片會不停地轉動。據說，這些機器就是「風力發電機」，可以利用風力發電。

丁閃閃忍住自己的興奮，激動地對雲可青說：「我可以幫你建立一個風力發電廠，只要一間房子和一架風力發電機就夠了！到時候你可以坐在房間裡念咒語，用魔法製造風暴，噢！不！不需要那麼大的風暴，大一點的風就可以了，讓發電機瘋狂轉動，就能發電了！你完全可以靠發電賺錢為生！」丁閃閃對雲可青笑了笑，接著說，「人類非常需要電能，尤其是用風力發出的電能，因為不會有任何汙染！」

電這種東西，雲可青還是知道的，但她可從來不知道，風還可以發出電來。如果丁閃閃說的真的可行，那麼……天啊！雲可青簡直不敢想像，從此以後，雲族就可以不用靠搶劫人類來生存了！雲族不僅不用搶劫人類，還可以幫助人類！這不正是雲可青夢寐以求的謀生的方式嗎？

雲可青激動萬分，看著丁閃閃說不出話來。她真沒想到，困擾她這麼久的問題，竟然就這麼解決了！她即將改寫雲族的歷史！

「我怎麼沒有早點遇到你呢？」雲可青看著丁閃閃，既像是對丁閃閃說，又像是自言自語。

丁閃閃反而有點不好意思了，對雲可青笑了笑。

「明天送你回家後，我就去找族長，我會讓整個雲族不再進行『風獵』的！太好了！」雲可青從來沒像今天這麼高興過，第一次，她覺得自己終於可以抬起頭了！從此以後，她不用靠搶劫為生了！整個雲族也不用了！

雲可青用魔法製作了一塊大大的像毯子一樣的雲，她和丁閃閃仰面躺在這塊「雲毯子」上，說起各自學校的一些趣事。她從來沒有像今天這樣開心過！雲可青對丁閃閃的生活非常感興趣，而丁閃閃呢，對雲可青的生活更感興趣。

雲可青對丁閃閃說：「在龍捲風魔法學校的時候，有些同學非常調皮，總是用魔法捉弄別的同學，他們會偷偷讓小塊的雲飛進別人的褲子和書包裡，有時還在雲裡塞進擦過鼻涕的紙巾，直到你感覺褲子和書包越來越重。他們還會用魔法讓一塊雲悄悄跟在你的背後，雲上寫著：『我想用風暴捲走所有的老師』或『對不起，昨天是我捲走了白霄的廁紙』。他們會在教室裡製造風暴，讓風暴互相攻擊，看誰的風暴更厲害！」

丁閃閃聽得興致勃勃，雲可青卻覺得這些調皮搗蛋的事一點意思也沒有，懶得再講了。在丁閃閃的催促下，雲可青只得耐著性子一連講了兩個多小時，一直講得她口乾舌燥越來越睏，最終迷迷糊糊地睡著了。

就在雲可青和丁閃閃睡得正香的時候，「雲毯子」突然猛地一震，狠狠地歪向一邊，他們毫無防備，一直滾到「雲毯子」的邊緣，眼看就要掉下去，卻被一個東西擋住了。

濃厚的烏雲不知什麼時候飄到他們的頭頂，遮蓋了所有的星光，也遮蓋了月光，他們眼前一片漆黑。驚出一身冷汗的雲可青和丁閃閃在黑暗中伸手亂摸，發現擋住他們的是一個飄浮在空中的巨大東西。

雲可青騎著掃帚雲小心翼翼地圍著這個東西飛了整整一圈，一邊飛一邊在黑暗中摸索，最後，她花了半個多小時，才終於搞清楚，這是一個巨型的球體，而且還是用魔法雲製造的，就這麼一動不動地懸浮在空中。

他們在黑暗中飛近大球，用手在球面上仔細地摸索著，發現球面上有一個方方正正的洞。

雲可青和丁閃閃騎著掃帚雲，彎著腰，才剛好鑽進這個洞裡，但是裡面一片漆黑，什麼也看不見。

丁閃閃對雲可青說：「你到地面上的人類那裡去找兩個手電筒吧，我在這兒等你。」

雲可青想了想，只好同意了。

雲可青騎著掃帚雲往下飛，花了半個多小時，才終於在一個小商店找到了幾個手電筒。

可是，當雲可青再次飛到雲中時，她卻發現，她找不到丁閃閃了。在眼前這連綿不絕、又濃又密的烏雲中，想找到丁閃閃，可不是一件容易的事！

雲可青沒有辦法，只得騎著掃帚雲飛到烏雲上方，憑著記憶中的大概位置，扯著嗓子喊著丁閃閃的名字。

雲可青的聲音在呼呼的冷風中顯得非常微弱。她怕丁閃閃聽不見，時而鑽出雲中大喊，時而鑽進雲中大喊。靠著這種最笨的辦法，雲可青在深夜的冷風中一直喊了兩個多小時，才終於找到了丁閃閃。

雲可青一邊把手電筒遞給丁閃閃，一邊說：「這個大球藏在這片濃密的烏雲中，如果不是我們偶然撞見，是不可能找得到的！看來這裡是一個非常隱蔽的地方！」

丁閃閃點點頭，然後小心地從「雲毯子」上爬到掃帚雲上，再次和雲可青一起鑽進了洞裡。

藉著手電筒的光，他們發現，這個球體的內部錯綜複雜，到處都是黑色的或大或小的長方體或者正方體。這些長方體或者正方體互相堆疊在起，留下許多交錯縱橫的空間，他們好像進入了一個極其複雜又龐大的機器內部。

丁閃閃和雲可青騎著掃帚雲繼續往前飛，拐過一個彎，卻發現在那些交錯疊加的長方體和正方體之間，突然出現了十幾條可以勉強通過的狹窄空間，就像一條條不知通往哪裡的小路。這些「岔道」，有的看起來還算筆直，有的卻曲曲折折，有的甚至旋轉著彎向上方。

雲可青一下子愣住了，她不知道該選擇哪一條「岔道」。

丁閃閃想了想，也想不出什麼好辦法，就說：「我看這些也算不上『路』吧？不如我們隨便選一條吧。」

雲可青猶豫了一下，還是同意了，就選了看起來最複雜的旋轉著往上的那條。

他們騎著掃帚雲一路往上，沒走多遠，就又遇到了更多的「岔道」。雖然這些「岔道」和剛剛看見過的差不多，但是數量卻更多，有幾十條。

這下雲可青可是徹底不知道該怎麼走了，停下來對著這些「岔道」

查看。丁閃閃皺著眉頭對雲可青說：「不好！你有沒有覺得這地方很古怪？」

雲可青一愣，「哪裡古怪了？」

「難道你沒覺得『岔道』越來越多了嗎？比剛才多了好幾倍！」丁閃閃神色緊張地說。

「好像是這樣！」雲可青說著，選了一條繼續向上的彎彎曲曲的路。可是，當他們到達下一個路口時，徹底震驚了！眼前的「岔道」交錯扭曲，數量嚇人，一條「岔道」又連著好幾條「岔道」，比蜘蛛網還要複雜！

「完了！這是一個迷宮！」丁閃閃說。

「要不我們出去吧？」雲可青騎著掃帚雲掉轉頭，卻猛然發現，眼前的十幾條「岔道」中，她根本分不清自己剛剛是從哪一條過來的。

雲可青方寸大亂，騎著掃帚雲在各條「岔道」中來回穿梭，沒頭蒼蠅一樣四處亂竄，卻根本找不到出路。

「我有辦法了！」丁閃閃晃了晃手電筒說。

雲可青有點不相信，「你……你能有什麼辦法？」

丁閃閃只好解釋：「我們進來的那個出口就在球面上，所以，只要我們找到這個巨球的球面，然後在球面上慢慢找，就能找到出口了！」

雲可青一聽，覺得好像有點道理，就問：「可惜我們現在被困在球的中間，連球面都找不到了。」

「你可以用魔法做一根繩子，一根用雲做成的繩子，把繩子拉直，我們沿著繩子往前飛，就不會被曲曲折折的『岔道』弄暈了，最後肯定能到達球面！」丁閃閃剛說完，雲可青就情不自禁地喊道：「啊！真是一個好辦法！你還挺聰明的呢！」

丁閃閃得意地說：「哈哈！那當然，我的數學成績可是名列前茅呢！

這就是一道簡單的數學題而已！」

雲可青開始按照丁閃閃說的，藉著手電筒的筆直的光，在這個大球裡面牽起了一根長長的「繩子」。只不過，這根「繩子」完全是靠雲可青念著咒語用魔法雲製作的！

當這根「繩子」牽到頭時，他們果然順利到達了大球的球面上。

「太好了！我們很快就可以出去了！」雲可青終於鬆了一口氣，開始沿著球面的內部尋找出口。

丁閃閃卻忽然想到，只要有了「繩子」的指引，他們就不會再迷路了，可以趁機好好搜尋一下這個大球的內部，他覺得這裡這麼隱蔽，肯定藏著什麼東西。

雲可青拗不過丁閃閃，只好同意了。她又騎著掃帚雲在球內牽了好幾條「繩子」。

在雲可青牽第五條「繩子」的時候，丁閃閃連忙大喊：「快停下！那兒好像有什麼東西！」在手電筒的亮光下，雲可青也看見，離他們十多米遠的地方，有一個大球。

雲可青急忙騎著掃帚雲飛了過去，看到一個直徑差不多有十米的大球靜靜地懸浮在那兒。

丁閃閃以為，這下肯定找到藏寶圖了，迫不及待地朝大球猛吹一口氣，一陣細密的灰塵卻飛揚起來，朝丁閃閃的臉撲過來，嗆得他差點喘不過氣。

丁閃閃趕緊憋住呼吸，把頭扭向一邊，臉上露出痛苦的表情。雲可青見他這個樣子，忍不住笑出聲來，「活該！誰叫你這麼心急？」

雲可青和丁閃閃小心地把球面上的灰塵擦去，驚訝地發現，這個大球上竟畫滿了彩色的壁畫。

雲可青突然指著其中一幅對丁閃閃大聲喊：「這不是『風獵』嗎？」

畫上是一群騎著掃帚雲的魔法師圍成一圈，圈子裡烏雲密佈布。

丁閃閃疑惑地問：「這真的是『風獵』嗎？他們只是圍著一大片烏雲嘛！」

雲可青皺起眉頭，嚴肅又肯定地說：「這一定是雲族正在用魔法製造風暴！只是有點奇怪，彩雲族和白雲族製造風暴的時候，不會產生烏雲，可這些魔法師製造風暴的時候，竟然產生了濃密的烏雲。」

「既然已經知道這些壁畫的內容和『風獵』有關，那就好辦了，我們從第一幅畫慢慢往後看。」雲可青興奮地說。

雲可青一直往前飛，每隔一段距離就停下來看一看球面上的壁畫，最後在一幅壁畫前停住了。

「這就是第一幅壁畫。」雲可青對丁閃閃說。

丁閃閃一看，畫中是一群魔法師跪在烏雲上，好像在拜著什麼。

「他們正在祭拜風神。」雲可青解釋，「老師曾經給我們講過，在很多年前，每次進行『風獵』之前，魔法師和女巫都會先祭拜風神。這是一個古老的傳統，現在沒有了。」

他們接著往下看。魔法師們祭拜風神之後，開始隱身朝地面飛去，然後開始在選定的地方製造風暴，接著畫面中就出現了風暴襲擊地面的場面，他們收穫了很多的「戰利品」，每個人都特別高興，畫面上都能看出他們眉開眼笑的神色。

雲可青和丁閃閃以為「風獵」會就這麼結束，可是，當他們看到下一幅壁畫時，卻一下子愣住了。

在他們面前的壁畫裡，烏雲中出現了兩隻血紅的眼睛，兩根尖利的獠牙，看上去像一隻怪獸，怪獸的身體隱沒在烏雲中。

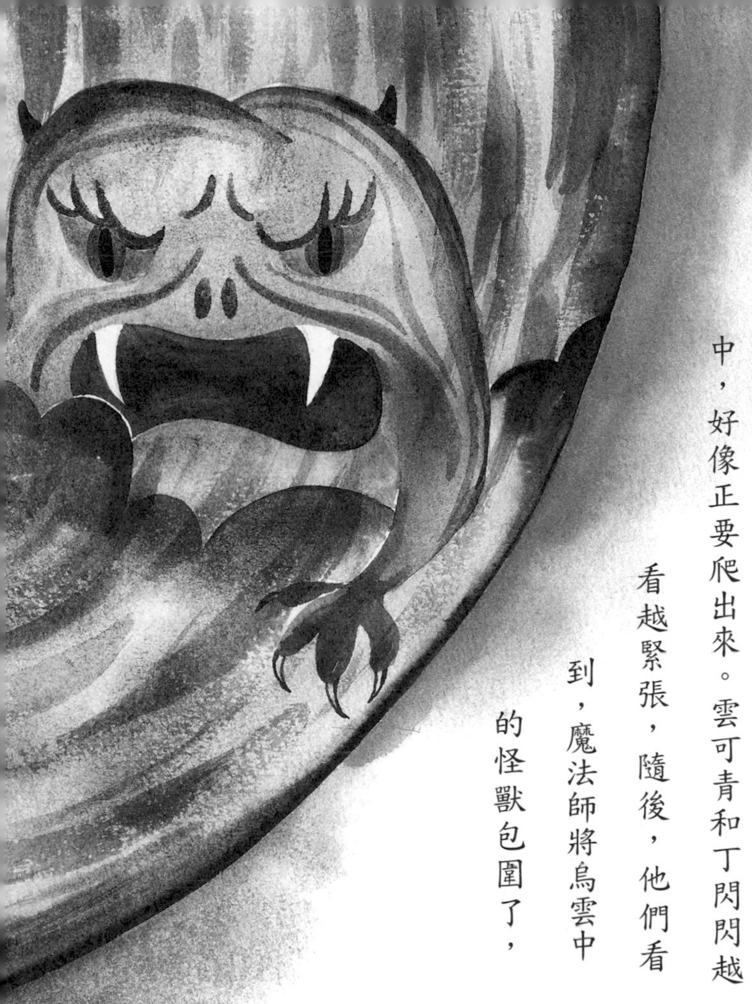

雲可青也感到很詫異，烏雲中怎麼會出現這種可怕的東西？她比丁閃閃還急，就繼續往下看。

接下來的一幅壁畫中，怪獸藏身在一團黑色的雲團中，好像正要爬出來。雲可青和丁閃閃越看越緊張，隨後，他們看到，魔法師將烏雲中的怪獸包圍了，

他們開始將烏雲切割成一塊一塊的，其中有一些烏雲消失了，怪獸被迫躲在一小團雲中。

這時，只聽雲可青說：「真是奇怪！烏雲怎麼都消失了？」

他們的心越跳越快，很想知道那些魔法師有沒有打敗那個怪獸，就急忙往下看。畫中，十幾個魔法師已經把怪獸藏身的那團烏雲緊緊圍了起來。那團烏雲也變得只有一張單人床那麼大了，雲中露出兩個拳頭那麼大的血紅的眼珠。在那團烏雲周圍，有許多奇形怪狀的小小的彩色雲朵，這些彩色雲朵好像把怪獸緊緊封鎖在了烏雲中。

現在只剩最後一幅壁畫了。

他們的呼吸越來越急促，嘴巴又乾又渴，異常緊張地去看最後一幅壁畫。

最後一幅畫中，那團烏雲竟然被吸入一個黑色的漩渦中。

整個壁畫到這裡就完了，但雲可青和丁閃閃還是一頭霧水。

「為什麼會有怪獸呢？」雲可青喃喃自語。

丁閃閃可不想再去想這些亂七八糟的壁畫，他還想著尋找寶藏呢，就催促雲可青：「別管這些壁畫了！我們還是看看能不能進入這個大球吧！」

在丁閃閃的一再要求下，雲可青只好又圍著大球仔細查看了一番，然後很肯定地對丁閃閃說：「這個球也是用魔法雲製作的！真奇怪！這個球中球到底是用來做什麼的呢？」

「咦？你看那邊！」順著丁閃閃手電筒的亮光，雲可青果然看到，在球面上，有一個小小的方形的洞，剛好可以伸進一根手指。

雲可青和丁閃閃飛到洞前，用手指摸了摸洞口，又把手指伸進洞裡。

雲可青驚訝地喊道：「呵！這是一個鑰匙孔！」

要到哪裡去找鑰匙，才能打開這個球呢？

忽然，丁閃閃問雲可青：「你們雲族不是有隱身咒語嗎？鑰匙會不會就在附近，只不過隱身了？」

「怎麼可能？這個地方看起來有幾百年沒人來過！」雲可青說。

「不管怎麼樣，你試著念一遍解除隱身的咒語吧！」丁閃閃說。

儘管很不情願，雲可青還是把咒語念了一遍。咒語剛一念完，就聽丁閃閃大聲喊道：「看！鑰匙出現了！」

6

烏雲族族譜
預言詛咒即將降臨

順著丁閃閃手電筒的光，雲可青果然看到一把黑色的鑰匙出現在鑰匙孔前，一動不動地懸在那兒。

丁閃閃迫不及待地拿過鑰匙，往鑰匙孔裡一插，轉動鑰匙，只聽「喀嚓」一聲，球上彈出了一扇小門。

進門後是一條五、六公尺長的通道，經過通道後，他們來到了一個房間。

丁閃閃從掃帚雲上跳了下來，伸了伸懶腰，然後藉著手電筒的光仔細查看這個房間，卻發現房間的牆壁被分成了一個又一個幾公分大的格子，好像這些格子裡藏著什麼東西。

丁閃閃敲了敲其中一個格子，果然是空的，卻不知道怎麼才能打開。

丁閃閃讓雲可青再念一遍解除隱身的咒語試試。儘管非常不願意，但是為了讓丁閃閃死心，早點離開這裡，雲可青還是硬著頭皮把咒語念了一遍。咒語剛剛念完，雲可青自己就輕聲驚嘆了一聲，她看到前面出現了一個豎著的東西，渾身長滿白毛，看起來非常嚇人。

雲可青飛到長滿白毛的東西前，丁閃閃小心翼翼地扯掉一些白毛，發現這竟然是一塊石碑，石碑上有兩個蒼勁有力的大字：「雲塚」。

丁閃閃驚呼：「『塚』的意思就是『墳墓』啊！這裡肯定是你們雲族的墳墓！」

雲可青說：「你瞎說！我們雲族根本就沒有墳墓！雲族的女巫或者魔法師死後，都會火葬，然後讓風把骨灰吹走！」

丁閃閃用手電筒掃了一下房間的頂部，發現天花板上好像有一個東西，黑乎乎的看不清，就對雲可青說：「那裡好像有東西！」

丁閃閃話音未落，就發現雲可青竟消失了！接著就聽到頭頂上方傳來雲可青的尖叫聲，她的手電筒也掉了下來。丁閃閃猛抬頭，看見雲可青懸

在天花板下拚命掙扎，好像被什麼東西抓住了，但她周圍卻什麼也沒有。

這裡不會有鬼吧？丁閃閃心裡一沉想。

這時，雲可青的尖叫聲突然一下子停止了，但仍然在不停掙扎，只是掙扎的幅度比剛才小得多了。丁閃閃用手電筒照了一下雲可青的臉，她的眼睛瞪得大大的，眼神中充滿恐怖。雲可青的整個身體就那麼懸在天花板下，嘴裡再也發不出任何聲音。

丁閃閃恨不得一下子跳起來，伸手把雲可青從上面拽下來，但是雲可青離地面有五米多高，他只能拿著手電筒在下面乾著急。

丁閃閃用手電筒四處掃了掃，什麼也沒看到，當他再去看雲可青時，雲可青竟然不見了！

「雲可青！你在嗎？」丁閃閃衝著天花板大喊。

沒有人回答。甚至連雲可青的叫聲都沒聽到。

丁閃閃越想越著急，他圍著石碑轉了一圈，拚命去扯石碑上的白毛，忽然感到這些白毛有些黏手，就拿在手裡仔細看了看，才驚訝地發現，這些根本不是白毛，而是蜘蛛絲！

完了！雲可青一定是被蜘蛛抓住了！

丁閃閃用手電筒在房間內掃了一圈，忽然看見地上的手電筒，那是剛才雲可青掉下來的，已經熄掉了。他靈機一動，趕快撿起來，用力朝剛才雲可青消失的地方扔去。手電筒在距離天花板還有一公尺多的地方就被什麼東西擋了下來。就在雲可青剛剛消失的地方，果然有什麼東西，丁閃閃欣喜若狂地想，那一定就是雲可青，她被隱身了！

丁閃閃知道雲可青還在上面後，就瘋狂地把手電筒朝天花板扔去。丁閃閃用力扔出的手電筒就像一顆顆炮彈，不停地朝天花板射擊。如果不是怕傷著了雲可青，丁閃閃還會以更大的力氣扔。

這麼扔了幾十次後，丁閃閃已經累得不停喘氣了。突然，「啪」的一聲，一個東西掉了下來。丁閃閃撿起一看，是一塊纏滿了蜘蛛絲的黃布，上面寫著一些從未見過的字。丁閃閃想，也許是藏寶圖呢！就塞進了自己的口袋裡。

丁閃閃再接再厲，用盡力氣把自己的「炮彈」射向天花板的每一個角落。又扔了幾十次，丁閃閃已經汗流浹背了，就在他累得快要癱坐在地上時，忽然又聽到「啪」的一聲，又有什麼東西落在自己旁邊。

丁閃閃用手朝發出聲音的地方一摸，「啊！」地大叫一聲，遠遠地跳開了！他摸到了一個毛茸茸的東西！但是在手電筒的照射下，那裡什麼也沒有！

丁閃閃不敢相信這樣的怪事，瞪大眼睛直直地盯著剛剛被自己摸過的地方，卻發現那兒已經隱隱出現了一個西瓜大小的黑色輪廓，雖然非

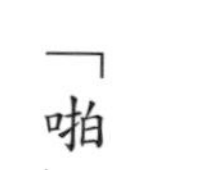

常模糊，但是輪廓分明，看上去就像一個西瓜。

丁閃閃連眼睛也不敢眨地盯住那個黑色輪廓，卻發現黑色輪廓漸漸變得清晰起來，輪廓中的黑色也越來越清晰，然後在輪廓的四周，出現了八條彎曲的腿，腿上還長滿了細毛。又過了一會兒，這個黑色的輪廓終於現出了它的樣子，果然是一隻大蜘蛛！

這隻大蜘蛛一動不動地躺在地上，牠的腦袋已經被砸扁了，流出了腥臭的液體。

這竟然是一隻會隱身的蜘蛛！丁閃閃想，肯定是因為蜘蛛死掉了，所以牠隱身的魔法才失效了。

丁閃閃再次用手電筒去照天花板，驚得差一點把手電筒扔掉。天花板下有一張斜拉著的蜘蛛網，網很大，幾乎遮住了整個天花板。就在這張大網的中間，有一個像繭一樣的東西，外面纏滿了細密的蜘蛛絲，看起來像

一個小小的睡袋。

一定是因為蜘蛛死掉了，原本隱身的蜘蛛網也顯現了。丁閃閃想，雲可青一定就藏在這個繭一樣的東西裡，得馬上救她出來才行！好在這張蜘蛛網已經殘破不堪了，到處都是一根根斷掉的蜘蛛絲，應該是之前被丁閃閃用手電筒扔斷的。

丁閃閃又從地上撿起那個快要散開的手電筒，照著蜘蛛網就扔上去。雖然蜘蛛網已經很破了，但掛住那個「繭」的蜘蛛絲還是很結實，丁閃閃依然沒能讓那個「繭」掉下來。

丁閃閃覺得這樣下去不是辦法，就看了看周

圍，看到了房間裡的那塊石碑。他跑到石碑前，抱住石碑爬了上去，然後站在石碑上，朝蜘蛛絲下邊的那個掃帚雲一跳。掃帚雲搖晃得厲害，差點把丁閃閃甩了下去，但丁閃閃死死地抓住掃帚雲，費盡力氣才終於爬了上去。

站在掃帚雲上，丁閃閃這才終於能夠用手摸到蜘蛛網。他來不及多想，用手扯斷了纏住那個「繭」的蜘蛛絲，那個「繭」一下子就掉了下來，把掃帚雲打得一歪，丁閃閃和「繭」都落到了地板上。

丁閃閃來不及揉一揉被摔疼的胳膊，就用手電筒照著「繭」，去扯上面

的蜘蛛絲。當他扯掉了「繭」一頭的蜘蛛絲時，看到了一個被長頭髮包住的腦袋，他扒開長頭髮，果然看到了雲可青的臉。

丁閃閃坐在雲可青身旁，一直等了兩個多小時，雲可青才終於醒了過來。

雲可青醒過來後，丁閃閃把救她的經過添油加醋地講給她聽，又把撿到的那塊黃布拿給她看。

「咦？烏雲族族譜!?」雲可青瞪大眼看著手上的黃布，「怎麼會有烏雲族？我可從來沒聽說過呢！」

「上面到底寫了什麼？」丁閃閃一聽沒有寶藏，就很失望，但還是有點好奇。

「這是烏雲族的族譜，記載了烏雲族的所有成員。族譜的內容是用雲族的文字記載的，但奇怪的是，很多字我都不認識。」

又休息了半個小時，雲可青才站起身，把黃布小心地疊起來，放到自己的口袋裡，對丁閃閃說：「好了！我們該離開這兒了！我要帶你回龍捲風魔法學校，去見一見我的風老師。風老師見多識廣，一定能看懂這份族譜！」

雲可青和丁閃閃重新騎上掃帚雲從通道中飛了出去，不到一個小時，雲可青和丁閃閃就到了龍捲風魔法學校。龍捲風魔法學校藏在一片又大又厚的灰色雲中，學校的面積小多了，也遠遠比不上颱風魔法學校氣派。

掃帚雲飛進龍捲風魔法學校所在的雲中，丁閃閃看到，雲霧繚繞中，幾處矮小的灰色房子若隱若現，在房子的外面，圍著白色的柵欄。這裡就像一個牧場。

掃帚雲在白色的柵欄前停了下來，雲可青輕鬆地跳了下來，望著柵欄後面的房子長長地舒了一口氣，然後向前走了幾步，蹲下來，從柵欄上的

一個洞裡鑽進了學校。

丁閃閃覺得這很有趣，也跟著鑽了進去。

雲可青向一排房子走去，停在了一扇門前。她敲了敲門，「風老師，你在家嗎？」

門打開了，一個瘦瘦乾乾的老太太戒備地從門後探頭。丁閃閃想，這應該就是雲可青說的風老師。

風老太婆看到雲可青身旁的丁閃閃，愣了一下，然後朝門外看了看，壓低聲音說：「快進來！楊子飆帶著很多魔法師在到處找你呢！」

雲可青拿出那塊黃布，遞給風老太婆，「風老師，你看看這個。」

風老太婆好奇地接過去，一看，立刻瞪大眼睛問雲可青：「你怎麼會有這個？」

雲可青就把她和丁閃閃進入雲塚的經過詳細講了一遍。

雲可青剛說完，風老太婆就一把抓起桌上的黃布，神色緊張地說：

「你們闖禍了！你們帶回了烏雲族的詛咒！」風老太婆剛說完，就從桌子上拿起一個打火機，把黃布點著了。

「烏雲族？詛咒？……」雲可青和丁閃閃一頭霧水。

「你們進入的那個地方叫『雲塚』，是烏雲族埋葬歷代族長的地方。烏雲族，原來也是我們雲族的一個部落，但是他們從來不和別的部落來往。幾百年前，烏雲族擁有整個雲族最強大的魔法，他們不僅能夠製造真正的颱風，還能用雲占卜！但是有一天，烏雲族所有的人神祕失蹤了！誰也不知道他們去了哪裡！」風老太婆看著快要被燒完的黃布，神色非常凝重，「我剛才看了這份烏雲族的族譜，族譜是用古老的雲族文字記述的。族譜的末尾有一句話：『當這份族譜再次回到雲族的手中時，詛咒將會降臨！』」

丁閃閃想，難道一塊破舊的黃布還能帶來詛咒？

「千萬不能小看烏雲族！除了製造颱風的魔法，烏雲族還有一些別的神奇魔法！」風老太婆說，「你們千萬不要再去那個地方，也不要向任何人提起這些事。」

雲可青和丁閃閃不約而同地點點頭。

就在這時，門外傳來沉重的敲門聲，好像有人在砸門。

風老太婆猶豫著開了門。就在風老太婆去開門的時候，雲可青無意中看了一眼剛剛燒掉的那塊黃布，竟然發現灰燼中有一根閃耀著金光的帶子，就趁沒人注意撿了起來，偷偷塞進了自己的口袋裡。

一開門，果然是楊子飆帶著一群魔法師前來抓丁閃閃。

楊子飆是風老太婆的學生，見到風老太婆，忙笑著走上前向風老太婆問好。

風老太婆只是冷冷地點了點頭。

雲可青急忙對楊子飆說：「他已經答應我，絕不把雲族的事情告訴別人，你們就放了他吧！」

楊子飆凶神惡煞地推開雲可青，「人類不值得相信！你要再阻止我們，我們就把你也抓走！」說著就把丁閃閃拉出了門外。

幾個魔法師把丁閃閃捆起來，抬到一個掃帚雲上，跟著楊子飆飛走了。

雲可青呆呆地站在門外，忽然想起來，她還沒來得及向楊子飆提起用魔法發電的事情。但想一想，又覺得沒有什麼希望，還是不說算了。

7

雲塚中的魔法書

雲可青悄悄搜遍了颱風魔法學校的每一間房間，果然在樓頂的一間儲藏間裡看到了丁閃閃。

「丁閃閃！」雲可青躲在窗邊小聲喊道。

「雲可青！」丁閃閃高興地叫起來。

雲可青連忙壓低聲讓丁閃閃別出聲，她對丁閃閃說：「你放心吧！我會想辦法救出你的！」

丁閃閃知道，雲可青從不騙人，就對雲可青說：「謝謝你！你自己也小心點！」

離開颱風魔法學校後，雲可青開始想救出丁閃閃的辦法。但是想了很久，還是毫無頭緒。她忽然想起自己撿到的那根帶子，就拿出來仔細查看。

這根金黃色的帶子竟然是用金色的細絲編織成的，上面還繡了一串字元。她看著帶子上的字元想，這上面的字元難道是某種咒語嗎？

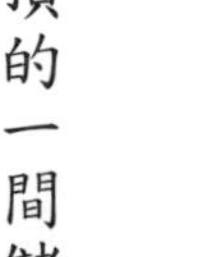

雲可青想了想，決定試著念出這些字元。整條帶子並不長，上面的字元也不多，只有二十多個，雲可青很快就念完了。

她屁股下的掃帚雲突然震了一下，接著，掃帚雲突然失去了控制，像一顆射出的炮彈飛速向前而去。

雲可青大驚失色，拚命念著移雲咒語，想控制住掃帚雲，但是一點用處也沒有。掃帚雲瘋狂地向前飛，冷風忽忽地從雲可青的耳邊吹過，冷得她直打哆嗦。

難道這就是風老太婆說的詛咒？雲可青忽然後悔自己的魯莽。幸好世上沒有把自己變成肥豬的咒語，不然我肯定也會傻傻地去念！

掃帚雲以這種瘋狂的速度飛了二十多分鐘，然後俯身向下，又突然向右一拐，竟然停了下來。

四周到處都是濃濃的黑色烏雲，雲可青根本不知道自己在哪裡。她騎

著掃帚雲在雲中亂摸，突然摸到一個冷冰冰卻很有彈性的東西，就在她的右邊。雲可青騎著掃帚雲挨了過去，用手電筒一照，「啊！是雲塚！是那個大球！」她就在大球上的那個洞邊。雲可青高興地想，那句咒語竟然有著這麼神奇的魔力，能夠讓掃帚雲直接飛到雲塚來！她記得風老太婆說過，烏雲族擁有神奇的魔法，她想，如果能從雲塚中找到烏雲族的魔法書，就一定能救出丁閃閃了！

想到這裡，雲可青急忙打著手電筒從洞裡飛了進去。她昨天用魔法製作的那些「繩子」還在，藉著這些「繩子」，雲可青非常順利就進入了那個球中。

在球中仔細搜尋了兩遍，確定這裡再沒有蜘蛛，才放下心來。但是整個房間空蕩蕩的，沒有看見什麼魔法書。

難道魔法書藏在牆壁中？雲可青在牆壁上敲了敲，果然，牆壁發出

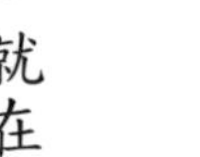

「咚咚」的聲音。

雲可青拿手電筒照著眼前這塊牆壁，湊近牆壁仔細查看，驚喜地發現，牆壁上有一個字元——一個像咒語的字元！上次她和丁閃閃太粗心了，竟然沒有發現。她迅速查看了所有的牆壁，果然發現，每一格牆壁上都有一個字元。

雲可青的心跳得厲害，她隱隱覺得，這些字元很有可能也是一句咒語。但是，這些字元的順序到底是怎樣的呢？雲可青這次可不敢隨隨便便念出字元，萬一出現什麼可怕的東西，不僅她沒法離開這裡，丁閃閃也會一直被關在颱風魔法學校。

雲可青掏出那根金黃色的帶子，看看能不能找到一點線索。但是帶子上除了那些字元，什麼也沒有。雲可青很失望，正準備把帶子放進口袋中，卻忽然發現，這根帶子上的第一個字元，竟然和她剛剛在牆壁上看到的字元一模一樣！

雲可青好奇地把帶子上的字元和牆壁上的字元重疊在一起，驚訝地發現，兩個字元完全重合，連大小都是一樣的！

雲可青用嘴巴咬住手電筒，照著牆壁，再把帶子上的那個字元疊在牆壁上的那個字元上，然後順著帶子的走勢把帶子的每一部分按平，最後跟著帶子往前走。

這根帶子有兩公尺多長，卻只不過兩公分寬，就像是從一塊布上剪下來的，還剪得彎彎曲曲的。當雲可青把帶子的末端按在牆壁上，藉著手電筒的光去看時，驚喜交加的她真想大聲唱起歌來。因為她看到，帶子上的最後一個字元不僅和牆壁上的字元一樣，而且還完全重合了！

這絕對不是巧合！

雲可青迫不及待地去查看帶子在牆壁上一共覆蓋了幾個字元，然後把這些字元一一念出。

雲可青念完咒語，整個房間一片死寂，突然，「咚」的一聲，不知從什麼地方掉下來一個東西。雲可青用手電筒朝發出聲音的地方一照，看到地上有一個黑色的匣子。

雲可青撿起匣子，打開一看，裡面果然有一本很薄的小書。她取出小書，看見封面上繡著幾個金色的字：《烏雲族魔法書》。

雲可青好奇心大起，迫不及待地翻看起來。

隨便翻了幾頁，雲可青就被裡面記載的神奇魔法驚呆了。她做夢也沒想到，竟然真的像風老太婆說的那樣，烏雲族不僅擁有製造

颱風的魔法，還能夠利用天空中的雲朵占卜。

雲可青又翻了幾頁，終於看到了一種叫「化雲術」的魔法。不管是自然形成的雲，還是利用魔法製造出的雲，這種魔法都可以讓雲融化。丁閃閃被關在颱風魔法學校裡，而颱風魔法學校的房間都是用魔法雲建造的，這下終於可以救出丁閃閃了！

雲可青興沖沖地背下了化雲術的咒語。

飛進颱風魔法學校後，雲可青趕緊飛到那個關著丁閃閃的儲藏間的門口。

雲可青一邊念著咒語，一邊用右手在牆壁上畫了一個大圈。咒語剛一念完，牆壁上畫了大圈的地方就開始漸漸融化，流出很多黑色的液體來。不到一分鐘，牆壁上被畫圈的地方就已經完全融化了，一個大洞出現了。雲可青高興地想，沒想到烏雲族的魔法這麼強大！

就在這時，儲藏間的門被推開了，一大群人衝了進來。雲可青還沒反應過來，就被最前面的一個人抓住了。

雲可青一抬頭，是楊子飆！楊子飆對雲可青笑了笑，笑容裡充滿了得意和奸詐，完全是一副陰謀得逞後的滿足感。

楊子飆不僅搜遍了雲可青的整個書包，還搜查了她的所有的口袋，終於搜出了那本《烏雲族魔法書》。

楊子飆把雲可青和丁閃閃換了一個房間。這是一個牆壁和天花板都釘滿了鐵皮的房間，雲可青的化雲術沒有用武之地了。

第二天，雲可青和丁閃閃聽到，從颱風魔法學校的廣場上傳來楊子飆講話的聲音。楊子飆召集了雲族的所有魔法師和女巫，讓他們學習製造颱風的魔法。

「尊敬的魔法師和女巫們，告訴你們一個好消息！就在昨天，我得到

了一本神奇的魔法書，上面記載了最神奇的魔法，可以讓我們隨心所欲地製造颱風——像大自然中那些真正的颱風一樣狂野和富有力量！從今天起，我們雲族的歷史即將改寫！從此以後，無論人類建造多麼堅固的房子，都不能將我們雲族製造的風暴抵擋在門外。我們可以依靠我們強大的魔法，任意掀掉人類的屋頂，然後像人類摘取草莓一樣捲走他們的東西！從此以後，我們不會再挨餓，不會再感到寒冷，更不會因為缺少藥品而病死！我們一定會過上比人類更幸福的生活！」楊子飆的鼓動讓所有魔法師和女巫熱血沸騰，廣場上掌聲雷動。

「幸福的生活要靠自己的勞動，而不是掠奪！」突然，一個蒼老而低沉的聲音打斷了楊子飆。大家循著聲音望去，原來是龍捲風魔法學校的風老師。

風老太婆騎著掃帚雲停在楊子飆身旁，聲色俱厲地警告他：「烏雲族的魔法是不可以擅自利用的！這會帶來詛咒！」

「詛咒？」楊子飆詫異地問，「什麼詛咒？」

風老太婆只好把烏雲族的事情當著大家的面講了一遍，又告訴他們雲可青進入雲塚的事。

楊子飆呵呵一笑，「風老師，你以為我是三歲小孩嗎？會相信詛咒這種無稽之談？」

風老太婆氣得渾身發抖，但是看著楊子飆高大的背影，卻無能為力。

她隱隱感覺到，一場巨大的災難即將降臨。

8

製造一場
真正的颱風

三天後，雲族的所有魔法師和女巫都已經學會了製造颱風的魔法。經過楊子飆的精心策劃，他們將在明天夜裡十二點，製造一場真正的颱風。

第二天夜裡十二點，雲可青和丁閃閃聽到外面的廣場上傳來急促的喇叭聲，催促魔法師和女巫迅速集合。

清點完人數，楊子飆開始意氣風發地向大家作最後的動員：

「雲族的魔法師和女巫們，你們將見證這一改變雲族歷史的時刻！你們很快就會明白，經由我們強大的魔法，我們可以獲取任何我們需要的東西！總有一天，當我們雲族的族人占據了整個天空，當每一片雲朵中都住著我們雲族的族人時，我們會向地面上的人類發出最後的進攻！而今天，是我們進攻的第一步！」

楊子飆講完話後，所有整裝待發的魔法師和女巫各自騎著掃帚雲往學校外飛去。楊子飆早已給每個人分配好了任務，他們只需要各司其職就行了。

一個小時後，所有的魔法師和女巫都停在了楊子飆提前選定的海面上空，各就各位，等著楊子飆發出最後的指令。

楊子飆的助手最後一遍檢查所有人的位置，確認沒有任何差錯，才發布命令。

所有的魔法師和女巫念起咒語來，海面上開始雲霧翻騰，一股股巨大的熱氣不停地往上翻滾，在海面上空形成巨大的雲團。

對海面氣象雲圖進行即時監控的氣象部，負責人發現了這一即將形成的颱風。

颱風報告被氣象部的人提交給上級，政府開始迅速發布預警，預防颱風登陸。

一場人造颱風正在孕育中！

一場人類與颱風的對抗即將展開。

但是，誰也沒有料到，距離颱風形成還有幾分鐘的時候，氣象部的人正在緊張地盯著電腦螢幕上的衛星雲圖時，負責人卻驚訝地發現，颱風雲圖突然缺失了一塊，就像一塊燒餅，突然被狗咬掉了一口。

負責人以十幾年的經驗判斷，糟糕！要嘛是氣象衛星出現故障，要嘛是電腦出現了故障！

負責電腦維修的人對電腦進行了緊急檢查，結論是：電腦沒有任何故障！

所有人的第一反應是：氣象衛星出現了故障！

氣象部迅速請求其他國家的支援，要求緊急調用其他國家的衛星雲圖。

半個小時後，氣象部的要求得到了十幾個國家的同意，這些國家紛紛將自己的氣象衛星雲圖傳給了氣象部。

出乎意料的是，氣象部從其他國家得到的衛星雲圖竟然和他們的衛星雲圖一模一樣！

但是，接下來的一幕，讓盯著電腦螢幕注視著衛星雲圖的人大大跌破眼鏡：那個像一個大餅的圓形颱風雲圖又被「啃」掉了一口！而且還是大口！每次被「咬掉」一口後，雲圖就馬上縮小，重新變成一個圓形，只不過比之前更小。

一個小時後，從衛星雲圖上看，颱風雲圖已經小得只剩雞蛋那麼大了。而且，還在繼續變小。颱風已經不可能形成了！颱風預警解除了！

氣象部所有的人都望著電腦螢幕目瞪口呆，他們的氣象知識已經無法解釋今天發生的這一幕了！

正在海面上空坐鎮指揮的楊子飆，看到越來越濃厚的雲層竟然在不到兩個小時內突然消失，百思不得其解。

難道我得到的魔法書是假的!?

楊子飆疑惑不解地把魔法書反復翻看，最後只得向所有魔法師和女巫宣布：「這次製造颱風的計畫失敗了！」

在海面上空整整折騰了五個多小時後，楊子飆只好垂頭喪氣地帶著大家回了家。

匆匆睡過一覺，楊子飆直到第二天中午才起床。起床後，楊子飆一邊吃午餐，一邊觀看整個雲族唯一的一台電視。電視裡正在播放昨天深夜發生的關於衛星雲圖的詭異事件。據主持人介紹，氣象部已經派氣象學專家乘直升飛機前往事發海域進行調查了。

看著電視畫面中缺失了一塊的氣象雲圖，楊子飆的腦海中忽然閃現了一個想法，他想到了《烏雲族魔法書》中的化雲術！會不會有人偷偷使用化雲術這種魔法，把我們製造的烏雲融化了？

楊子飆越想越覺得蹊蹺。雲可青已經被關起來了，不可能暗中使用化雲術！難道是……？楊子飆渾身一震，想到了風老太婆。

楊子飆把碗一扔，氣急敗壞地大聲叫罵：「一定是那個多管閒事的瘋婆子幹的！」這是他能想到的唯一合理解釋。

看到桌上的魔法書，楊子飆忽然一下子高興起來，這正好說明，製造颱風的魔法是沒有問題的！既然製造颱風的魔法沒有問題，那麼，製造一場真正的颱風，只不過是時間問題罷了。

他把魔法書小心地收起來，看著電視畫面，忽然想出了一個絕妙的計策。

第二天夜裡十二點，楊子飆再次召集所有的魔法師和女巫，帶著他們前往海面上空。

楊子颻這次選定的地點和上次是同一地點。不同的是，這一次，楊子颻要求所有的魔法師和女巫都隱身。

一個小時後，海面上空再一次烏雲密布。一場新的颱風正在快速孕育著。

氣象部負責監控衛星雲圖的人很快發現了這一點，立即向上級報告。

不可思議的是，和上次一樣的事情再次發生了：電腦螢幕顯示，颱風雲圖離奇缺失，而且越來越小，很快就消失了！

原本以為又是一場虛驚的工作人員剛剛鬆一口氣，正準備打一個盹，卻忽然發現了另一個颱風雲圖正在飛速形成，距離之前的海域只有數公里！

就在工作人員猶豫要不要向上級報告時，他驚訝地看到，短短幾分鐘，電腦螢幕上的颱風雲圖又擴大了一倍，而且，雲量也在飛速增加！

稍微有一點氣象學常識的人都看得出，這個颱風雲圖就和上一次那個雲圖一樣，非常不正常！在自然界，絕對不會有形成速度如此之快的颱風。

不到一個小時，一場範圍雖小但力量卻極大的颱風正式形成。按照這場颱風的風速和路線，預計颱風將在二十四個小時後登陸沿海一帶。

但是，負責監控的工作人員犯了一個愚蠢的錯誤，他錯誤地估計了颱風登陸的路線和時間！

颱風並沒有以工作人員估計的路線移動，而是以直線朝沿海地區襲來！

氣象部全體工作人員深夜趕到氣象部，召開緊急會議，商討對策。

半個小時後，氣象部的工作會議剛剛結束，他們接到一個電話，一場異常強烈的颱風已經登陸沿海地區，正向內陸地區移動。

這是一場真正的颱風。颱風所到之處，輕而易舉捲起它遇到的任何東西。砂石、電線杆、看板，甚至自行車，像樹葉一樣在颱風中打著旋兒。那些一層兩層的普通房子，輕易被颱風掀掉了屋頂，房子裡的家具，生活用品，以及破碎的瓦片、斷裂的磚頭，隨著猛烈的颱風在天空中胡亂飛舞著。

所有人都在絕望中等待著明天的太陽。

這場颱風，當然是楊子飆帶著魔法師和女巫製造的。

他知道有人使用化雲術的魔法阻止了他上一次製造的颱風，所以，這一次，他將計就計，兵分兩路，讓一小隊魔法師和女巫去昨天的海面製造颱風，而他，悄悄帶領剩下的魔法師和女巫，在附近的海面上空製造了一場颱風。

楊子飆是一個狡猾的人。他的陰謀得逞了。

颱風摧毀掉大片房屋，獲得了數以萬計的「戰利品」。但是，楊子飆對這些「戰利品」不屑一顧，甚至根本沒有派人去收取和整理這些「戰利品」。

楊子飆有更大的野心。

一直以來，整個雲族被三件事困擾著：第一，糧食問題，他們無法獲得足夠且數量穩定的糧食，所以，忍飢挨餓是在所難免的；第二，醫藥問題，雲族的族人雖然擁有魔法，但是也會生病，他們不會製造任何藥品，也沒有專門的醫生，所以，他們非常渴望獲得大量的藥品；第三，雲族無法像人類一樣發展科技，也沒有多少機會使用高科技產品，無論是學習還是娛樂，雲族都希望獲得大量的高科技產品，因為，他們不希望自己落後人類太多。

所以，借助這場強大的颱風，楊子飆希望能獲得足夠的藥品、糧食和一些電腦、電視。

楊子飆立志要帶領雲族走向新的輝煌，讓雲族有一天可以發展壯大，成為這個世界新的主人！

颱風在楊子飆的控制下襲擊了一個醫院和商場。

醫院老舊的建築根本無法抵擋猛烈的颱風，庫房裡大量的藥品被颱風捲起，潮水般湧了出來。

當颱風籠罩了整個超市時，超市的屋頂也不費吹灰之力地被一塊一塊掀掉了。超市裡的東西全都裸露出來，被颱風席捲一空。一袋袋的麵粉、白米，一瓶瓶的食用油，全都被颱風捲起，送到颱風上面的女巫手裡。

楊子飆的最後一個目標是這個城市最高的一棟大樓。這棟大樓有五十層，是這個城市的地標建築。而且，這棟大樓在設計和建造時，就已經要求能夠抵禦百年一遇的風暴。

楊子飆選擇這樣一棟極其堅固的大樓作為攻擊目標，不僅僅是因為這棟大樓裡有很多他想要的電腦，還因為他想讓雲族的所有魔法師和女巫看看，在他的領導下，他們能夠輕而易舉地摧毀任何堅固的建築。

一直以來，雲族的族人小心翼翼地躲在雲中，過著勉強能夠維持溫飽的生活，他們對生活在地面上的人類充滿了畏懼，畏懼他們的智慧和才能，畏懼他們的高科技，畏懼被他們發現。

摧毀人類自認為最堅固、能夠抵禦百年一遇風暴的建築，是增強雲族族人信心的最好辦法。

深夜，一場猛烈的颱風將大樓籠罩著，以席捲一切的氣勢摧殘著大樓。大樓周圍飛沙走石，天昏地暗，大樓在颱風中猛烈搖晃，猶如一根即將被拔起來的蘿蔔。

大樓的窗戶早已被颱風敲擊得稀爛，風暴從各個窗戶鑽入，將大樓中

的電腦、電視、印表機等席捲一空。

大樓繼續在颱風中猛烈搖晃，隨時可能倒塌，楊子飆命令所有的魔法師和女巫，讓他們繼續施展魔法，增強風力。

烏雲族魔法的強大魔力，給了楊子飆巨大的信心。在他看來，只要他願意，他可以帶領雲族摧毀人類建造的任何一棟建築！

所以，摧毀眼前這棟大樓，只不過是時間問題。

在越來越強大的颱風攻擊下，大樓搖晃的幅度越來越大了。在很多魔法師看來，這棟大樓離被摧毀已經不遠了。

但是，誰也沒有想到，出人意料的事情發生了。

就在大樓被颱風從地上拔起，倒向一邊時，所有的魔法師和女巫都聽到，從那鬼哭狼嚎的颱風中傳來一個可怕的聲音，那聲音像一個魔鬼的怒吼，響徹天地！

後來，當那些從這場颱風中倖存下來的魔法師和女巫回憶起這場颱風時，都堅定地認為，當時他們聽到的那聲怒吼，來自於魔鬼——一個從颱風中誕生的魔鬼。

沒有人能夠確定，這場颱風是否產生了一個可怕的魔鬼，但是，所有的人都知道，颱風最後失去了控制。

伴隨著那個震耳欲聾的怒吼聲，颱風的範圍一瞬間就擴大了好多倍，將所有的魔法師和女巫捲了進去。

慾望和野心驅使著魔法，但是最後，強大起來的魔法卻吞沒了一切，包括慾望和野心。

楊子颻也被捲進了颱風中，和別的魔法師一樣，像一片小小的樹葉，在颱風中翻滾著，打著旋兒。他們連眼睛都無法睜開，不知道自己會被風暴吹到哪裡。

只有在颱風中翻滾的這一刻，楊子颻才深深地體會到自己的渺小。

這真的是烏雲族的詛咒嗎？他這麼問。

沒有人回答。

9

越來越多人魔法離奇失靈

半個多小時後，颱風才漸漸平息。參與製造這場颱風的魔法師和女巫，全都被捲進了颱風中，傷亡慘重。

一場雲族歷史上規模最大的營救悄悄展開了。

直到天亮之後，營救工作才完全結束。根據統計，有一千八百四十九名魔法師和一千三百零一名女巫失去了生命，有三百四十六名魔法師和七百五十四名女巫受了重傷，只有十三名魔法師和六名女巫倖免於難。另外，還有三名魔法師和五名女巫下落不明（包括楊子飆）。

死去的魔法師和女巫的屍體全都停放在颱風魔法學校的廣場上。颱風魔法學校哭聲一片，有些同學發現，他們一下子失去了爸爸和媽媽。

聽著外面的哭聲，雲可青想起了自己的爸爸。她太明白失去家人的感受了！那就像自己最寶貴的東西突然被奪走了一樣，讓人無法接受。

這場史無前例的大災難，這些悲痛欲絕的哭聲，更讓雲可青堅定地認為，自己是對的！雲族的族人失去了親人，他們為自己的親人痛苦流淚，可當他們參加「風獵」時，他們掀掉人類的屋頂，他們用風暴捲起那些無辜的人類，使他們在「風獵」中喪生，難道，那些人的親人們就不痛苦嗎？難道雲族的這些族人，他們從來沒有意識到，每一次參加「風獵」，他們都在搶劫和傷害別人嗎？每個人都有親人，而且，每個人都是別人的親人，所以，傷害任何人都會造成痛苦！所以，雲族幾千年的古老傳統——「風獵」，是不對的！

楊子飆的確老謀深算，一猜就知道是風老太婆破壞了他製造颱風的計畫。只是可惜，風老太婆沒有想到，楊子飆竟然兵分兩路，她跟蹤的那一路，只是一支一百多人的小隊，是故意迷惑她的。

三天後，雲族為那些在颱風中喪生的族人舉行了葬禮。

雲族一直在地面搜尋楊子飆和其他失蹤的魔法師，卻沒有任何收穫。

楊子飆不在，颱風魔法學校的學生還得繼續上學，那些被救回的受了重傷的族人也需要人照顧，整個雲族不能沒有族長，所以，在很多人的提議下，風老太婆暫時擔任颱風魔法學校的校長和雲族的族長。

風老太婆在舉行葬禮後的第二天，把雲可青和丁閃閃放了出來。雲可青和丁閃閃從樓上下來，來到廣場上，看到廣場旁邊堆滿了一袋袋的糧食，一箱箱的藥品，一台台電視機和電腦。

這就是從這場颱風中獲得的「戰利品」。雲可青看了看這堆「戰利品」，又看了看廣場上那些密密麻麻的帳篷，問風老太婆：「風老師，你說這值得嗎？」

風老太婆沉默了一下，明白雲可青的意思。雲族幾千人的生命，換回來這麼一堆東西，怎麼可能值得呢？

風老太婆搖搖頭。

「這些『戰利品』是用那麼多族人的生命換來的，但是，用這些『戰利品』卻換不回族人的生命。我們本來可以用別的更好的方式獲得這些東西的！」雲可青正說著，卻突然聽到身後的廣場上傳來一陣嚎啕大哭的聲音。

風老太婆以為出了什麼大事，趕快朝廣場另一邊跑去。

「胡卷!?你怎麼了？」風老太婆見眼前這個扯著嗓子大哭的男孩被一群年紀很小的學生圍著，驚訝地問。胡卷是颱風魔法學校最優秀的學生，本來已經畢業了，只是現在學校太缺老師，就讓他回學校為幾個低年級的同學上課。

胡卷哭得上氣不接下氣，「風老師！我的魔法失靈了！」

「魔法失靈了？」風老太婆一聽就愣住了，魔法怎麼會失靈呢？

見風老太婆和周圍的人滿臉驚訝，胡卷只好解釋：「剛剛上課，我想為同學們示範製造風暴的魔法，可不管怎麼念咒語，都沒法製造出一點風暴——我的魔法真的失靈了！」

「你先別著急！也許是你的咒語念錯了，你再試幾次看看。」見胡卷非常激動，風老太婆只好安慰他。

胡卷當眾又試了幾次，還是沒有製造出一點風暴。他徹底絕望了，仰頭怒吼一聲，隨即癱坐在地上。

雲族世世代代都是靠「風獵」為生，雲族中的每一個魔法師或者女巫，想要在「風獵」中分到更多的「戰利品」，想要獲得一定的社會地位，都必須依靠製造風暴的魔法。誰的魔法更高，誰就能分得更多的「戰利品」，誰就能獲得更高的社會地位。在雲族中，失去魔法的人，只能算是一個廢人，一個連殘疾人都比不上的廢人。

胡卷從最優秀的畢業生淪落成廢人，他的世界在一瞬間徹底崩潰了。

風老太婆和雲可青都對這件事感到特別奇怪，她們還從來沒有聽說過，魔法會失靈。

「這樣吧，你先別著急，過幾天再看看，也許只是暫時失靈呢！」風老太婆的話讓胡卷眼前一亮，像落水的人抓到了一根救命的稻草。他多麼希望真的像風老太婆說的那樣，過不了幾天，他的魔法就自行恢復了。

眼看已經到了吃午飯的時間，風老太婆就帶著雲可青和丁閃閃去食堂吃飯。

他們剛要進食堂，就聽見身後有一群人在喊風老太婆。

「風老師！出大事了！」最前面的一個老師上氣不接下氣地說，「我們的魔法都失靈了！」

什麼!?這一次，風老太婆可是徹底震驚了！如果只是胡卷一個人的魔法失靈，那就沒什麼好擔心的，可是，如果這麼多人的魔法都失靈了，問

題一定非常嚴重。

「你們一個一個慢慢說。」風老太婆讓自己鎮定下來，開始問明情況。

風老太婆帶他們來到自己的辦公室，詳細登記了每個人的具體情況，然後安慰他們一陣，就讓他們回去了。

風老太婆對那個登記了詳細情況的筆記本研究了半天，連午飯都顧不得吃，卻還是一點頭緒也沒有。

雲可青把筆記本翻來覆去看了好幾遍，什麼都看不出來。

「據我推測，這些魔法失靈的人，很有可能是食物中毒！」丁閃閃對風老太婆和雲可青說。

丁閃閃把筆記本翻開，指著上面記錄的資訊對雲可青說：「你看，所有魔法失靈的人，都在學校的食堂裡吃過飯。」

雲可青急忙湊近筆記本，去看上面的資訊，果然像丁閃閃說的那樣，這些人全都在學校吃過飯。

雲可青急忙把筆記本拿到風老太婆面前，指給她看。風老太婆看了，也非常震驚。

丁閃閃接著說：「魔法失靈的人都在學校吃過飯，也有可能是巧合！」見雲可青有點失望，他又說，「有一個很簡單的辦法可以檢驗。」

丁閃閃說得嘴巴都有點乾了，他舔了舔嘴唇，接著說：「我看你們吃的菜種類並不多，這就簡單了。只要把食堂這幾天的菜列出來，調查一下，看看那些魔法失靈的人到底吃了哪幾種菜，就……」

「我知道了！」不等丁閃閃說完，雲可青就興奮地搶著說，「如果那些魔法失靈的人都吃過其中一種或幾種菜，那麼，很有可能就像丁閃閃說的那樣，他們中毒了！」

風老太婆認真地聽完雲可青和丁閃閃的分析，頓時對丁閃閃刮目相看。

「嗯。你分析得很有道理！」風老太婆稱讚道。

詳細的調查結果很快就出來了，所有魔法失靈的人都吃過炒馬鈴薯絲和茄子。

風老太婆這下可對丁閃閃佩服得五體投地了。

「這麼說，真的是有人在菜裡下毒了!?」雲可青驚訝地問。

風老太婆若有所思地說：「可是，到底是誰幹的呢？」

丁閃閃學著電視裡偵探的樣子，以不容置疑的口吻對雲可青和風老太婆說：「其實，想抓住那個下毒的人，實在是太簡單了！」

雖然雲可青還是難以相信丁閃閃的話，但現在她已經不敢小看丁閃閃了，所以她試探地問：「你……你有什麼好主意？」

丁閃閃胸有成竹地對風老太婆和雲可青說：「你們先好好休息，等晚上我再來找你們。」

吃過晚飯後，丁閃閃休息夠了，就讓雲可青把手電筒準備好，帶著她和風老太婆一起，藏在食堂的桌子下。

四周漆黑一片，什麼聲音也沒有，地板上透著刺骨的寒氣，凍得雲可青牙齒「格格」地響。

他們在桌子底下坐了四個多小時，丁閃閃正感到百無聊賴的時候，突然聽到食堂門外傳來一陣狂風呼嘯的聲音，他渾身一震，立刻打起精神，順便推了一下身旁的雲可青。

雲可青趕緊變坐姿為下蹲，豎起耳朵聽著外面的動靜。

食堂的門原本是鎖著的，丁閃閃暗想，那個人想要進來，肯定會先撬鎖。他豎起耳朵聚精會神地聽著，卻並沒有聽到門上傳來撬鎖的聲音，反而聽到一陣狂風呼嘯的聲音，從門邊一直向他們藏身的地方刮來。

他……他竟然已經進來了！怎麼可能？丁閃閃感到非常驚訝，更感到非常蹊蹺，因為他連開鎖的聲音都沒聽到。

剛剛那陣狂風來勢極其凶猛，轉眼之間已經進了廚房。白天的時候丁閃閃已經看過廚房了，廚房被分成一個個小房間，各種櫃子又多，如果那個人會隱身術，他們幾乎就沒有可能抓住他了。

這下可難辦了！丁閃閃想。

風老太婆和雲可青也都聽見剛剛的風聲了，都等著丁閃閃拿主意。

丁閃閃急得滿頭大汗，最後他忽然靈機一動，既然那個傢伙是從門這邊進來的，肯定也會從門這邊出去，只要他們在門邊等著，就可以守株待兔。

丁閃閃壓低聲音，把自己的想法告訴了風老太婆和雲可青，她們都同意了。

因為不敢打開手電筒，他們只好憑著記憶慢慢摸到門邊。雖然他們藏身的桌子離食堂的大門不過十公尺遠，但為了小心翼翼地避開桌子和椅子，他們整整花了兩分鐘才來到門邊。

他們三人拿著手電筒，背靠大門站著，嚴陣以待，約定只要一有動靜，就立刻打開手電筒。

他們來到門邊才兩分鐘，就又聽到剛才那陣狂風呼嘯的聲音。那個聲音很明顯是從廚房出來的，一路呼嘯著朝門這邊衝來。

丁閃閃的心簡直快要從胸膛裡跳出來了。在這緊急的時刻，他的腦子裡亂糟糟的，不斷浮現出各種稀奇古怪的魔法來。

就在丁閃閃胡思亂想的時候，他感到一陣猛烈的狂風撞在自己胸前，把他撞得貼到大門上，大門也被猛烈地向後撞擊了一下，發出巨大的響聲。

原來是那陣狂風來得太迅猛，所有人都沒有防備。

幾乎是條件反射，丁閃閃第一個打開了手中的手電筒，朝前面一照。之後，風老太婆和雲可青才慌亂地打開了手電筒。

手電筒刺眼的亮光胡亂地搖晃著，藉著這紛亂交錯的亮光，丁閃閃看到，一個形如大蘑菇般黑色的東西飄浮在自己眼前，這個黑色的東西裡面，一雙血紅的眼睛直直地瞪著自己，就在眼睛的下方，一對閃著寒光的尖利獠牙露了半截出來。這團黑色的東西有一頭成年公牛那麼大，看不出是什麼東西。

獠牙離丁閃閃的臉只有半公尺遠，丁閃閃嚇得猛地向後退去。他的後背重重地撞在門上，已經無路可退了。

那個黑色的東西似乎也被突然亮起的手電筒光嚇了一跳，靜靜地停在那兒，和丁閃閃四目相對。

丁閃閃像見了獵人被嚇傻的兔子，腦子一片空白。就在這時，風老太婆跳起來，一把推開丁閃閃，丁閃閃和風老太婆的身體都向左側倒去。他們剛剛落到地上，就聽到一陣山呼海嘯般的風暴聲，接著就感到身體被風暴捲了起來，在空中胡亂旋轉。

風老太婆和丁閃閃都被這突如其來的變故嚇得不知所措，他們聽到食堂的大門發出巨大的聲響，聽起來像是被撞開了。

就在他們感到絕望的時候，風暴突然在一瞬間變小了，然後消失了，風老太婆和丁閃閃重重地掉了下來。

雲可青打著手電筒氣喘吁吁地跑過來，把風老太婆和丁閃閃從地上扶了起來，「你們沒事吧？」

風老太婆的左腿摔疼了，「哎喲！哎喲！」地呻吟著。丁閃閃沒有受傷，只是揉著摔疼了的屁股。

10

從颱風中逃出來的魔鬼——風魔

丁閃閃呆呆地坐著，既不動，也不說話，好像正在想著什麼。他的眉頭皺著，眼中露出驚疑的神色。

「就是那個怪獸。」丁閃閃的聲音小得像蚊子叫，但雲可青還是聽到了。

「什麼怪獸？」雲可青隨口問了一句。

丁閃閃突然盯著雲可青說：「就是雲塚中壁畫裡的怪獸啊！你忘記了？」

聽丁閃閃這麼一說，雲可青才猛然想起之前看過的那幾幅壁畫，她隱隱約約記得，其中幾幅壁畫中，的確有一個藏在雲中的怪獸。

這時，風老太婆也好奇地問：「什麼怪獸？」

雲可青就把在雲塚中看到的壁畫內容簡略地講了一遍。

雲可青還沒講完，風老太婆就瞪大驚恐的雙眼顫抖著說：「那是風魔！風魔啊！沒想到，世上真的有風魔！」

雲可青和丁閃閃一頭霧水地望著風老太婆。

風老太婆深吸了一口氣，慢悠悠地說：「在我很小的時候，我聽族裡的一些老人們提起過，很久很久以前，烏雲族的祖先曾經大戰風魔，其中很多人甚至和風魔同歸於盡了。我一直都以為，關於風魔的事只是傳說，沒想到……」

風老太婆的話讓雲可青和丁閃閃不寒而慄！這麼說，他們在壁畫上看到的「故事」，是真的？

「老人們有沒有說打敗風魔的辦法？」丁閃閃連忙問。

「沒有。」風老太婆搖搖頭，「我終於明白，烏雲族族譜上說的『詛咒』是怎麼回事了！」

「這……這和詛咒有什麼關係啊？」雲可青有點莫名其妙。

風老太婆問：「難道你還沒有把所有的事都聯繫起來嗎？」見雲可青依然滿臉疑惑，風老太婆接著說，「楊子飆搶走了《烏雲族魔法書》後，利用烏雲族的魔法製造了一場颱風，而那個風魔，就是從颱風中出來的！這就是族譜中所說的詛咒啊！」

「你怎麼知道風魔是從颱風中出來的？」雲可青還是不明白。

「壁畫裡不是有風魔從颱風中出來的畫面嗎？你忘了？」丁閃閃忍不住插嘴道。

雲可青這才恍然大悟，豁然開朗，把所有的事情一下子全都聯繫起來了。

「可是風魔怎麼會從颱風中出來呢？而且，風魔為什麼要偷偷來食堂下毒呢？」雖然雲可青已經弄明白了很多事情，但腦子裡卻一下子又出現了更多的問題。

「現在還有很多事情不知道。不過，我有一種不好的預感，接下來肯定會發生更可怕的事情。」風老太婆拿起桌上的手電筒，一邊往外走一邊說，「明天我和你們一起去雲塚，希望能找到更多線索。」

第二天吃過早飯，風老太婆正要和雲可青、丁閃閃去雲塚，他們剛騎上掃帚雲，就聽到學校門口傳來許多人說話的聲音。

風老太婆吃力地從掃帚雲上下來，卻看見幾個魔法師騎著掃帚雲飛了過來。奇怪的是，這幾個魔法師中有一個人穿的不是黑色的魔法衣，而是人類的衣服。她定睛一看，那個穿著人類衣服的魔法師竟然是楊子飆！

楊子飆飛到風老太婆跟前，停住了，滿臉疲憊，好像變了一個人。「風老師。」楊子飆無精打采地朝風老太婆打了一個招呼，就要離開。

風老太婆以為自己頂替了楊子飆的職務讓他不高興，正要叫住他，向他解釋，卻一眼瞧見，楊子飆坐著的掃帚雲下面空蕩蕩的——楊子飆的雙腿，竟然沒有了！

風老太婆只感到自己的喉嚨好像被什麼堵住了，到嘴邊的話一句也說不出了。

楊子飆騎著掃帚雲慢悠悠地朝自己的房子飛去。風老太婆站在原地呆呆地望著他的背影。

「這……這究竟是怎麼回事？」風老太婆拉住最後邊的那個魔法師問。

魔法師把他知道的簡要地給風老太婆講了一遍，然後才離開。

原來，剛才那幾個魔法師在地面上搜尋了好幾天，才終於在一家醫院找到了楊子飆。

楊子飆是第二天早上被人類的醫療救援隊發現的，當時他已經昏迷了。之後，他被送到人類的醫院中，人類的醫生為他截了肢，還為他輸了血，保住了他的性命。

不過，諷刺的是，救治楊子飆的醫院，正好是前一天晚上被他用颱風侵襲過的醫院。

楊子飆做夢也沒有想到，他會被地面上的人類救治，而且還是那些長久以來一直被雲族搶劫的人類，更沒有想到，他會失去雙腿。

風老太婆對雲可青說：「關於風魔的事，我還得當面向楊子飆交代一下，讓他提防風魔再來食堂下毒。你和丁閃閃先去雲塚吧。」說完，就急匆匆去追楊子飆。

雲可青和丁閃閃再一次進入雲塚。

藉著手電筒的光，雲可青和丁閃閃又把壁畫重新看了一遍。

「原來這些壁畫上的魔法師都是烏雲族的！」雲可青說，「怪不得他們的掃帚雲都是黑色的。」

「你不是沒見過烏雲族嗎？」丁閃閃問。

「是風老太婆告訴我的。」雲可青指著壁畫說，「你看他們騎的掃帚雲，都是黑色的。在雲族中，彩雲族的掃帚雲是彩色的，白雲族的掃帚雲是白色的，只不過，這些年來，彩雲族的人紛紛加入了白雲族，所以現在幾乎所有的掃帚雲都是白色的，已經很難看見彩色的掃帚雲了。」

「你看，」丁閃閃手電筒的光停在其中一幅壁畫上，「烏雲族的魔法師將風魔包圍，然後把風魔藏身的雲團分割成一塊一塊的，你覺得這是為什麼？」

雲可青想了想，說，「不知道。」

丁閃閃皺著眉緊盯那幅壁畫，一邊想一邊說，「我猜，很有可能是因為風魔不能離開烏雲。你想想，我們在食堂撞見風魔的時候，它也是藏身在一團黑色的雲中。」

雲可青點點頭，「嗯。你說得很有道理！下次見到這傢伙，我一定要用化雲術把它藏身的烏雲融化掉！」

丁閃閃又指著下面一幅壁畫說：「你看這幅畫！在烏雲的周圍，圍著許多姿態各異的小人，這些小人身上發出五顏六色的光來。這應該就是打敗風魔的方法。」

丁閃閃用手去摸壁畫上風魔的眼睛，驚喜地大聲說：「這顆眼珠好像可以摳出來！」

雲可青感到很奇怪，也伸手去摸另一顆眼珠，果然，眼珠摸起來是一個光滑的弧面。這說明眼珠的確是鑲嵌在牆壁裡的。

丁閃閃用手使勁往外摳風魔的眼珠，但是眼珠嵌在牆壁裡面，嵌得非常緊，根本使不上力。

突然，雲可青想起，這個小球也是用施了魔法的雲做成的，而自己已經學會了化雲術，可以把這些牆壁全都融化掉。

「我試一試吧！」雲可青說著，左手拿著手電筒，右手在牆壁上圍繞著風魔的眼珠畫了一個圈，然後念起咒語來。

咒語剛一念完，牆壁上竟然冒出了氣泡，然後牆壁開始慢慢融化了。丁閃閃迫不及待地把手伸進已經開始融化的牆壁中，從黑色的液體中取出了那顆眼珠。他顧不上髒，把眼珠使勁往自己的褲子上擦，等擦掉黑色液體，他們才發現，這顆眼珠就像一個血紅色的玻璃球。

丁閃閃懷疑這些眼珠是某種寶貝，就讓雲可青把壁畫上所有的眼珠都取出來。不一會兒，他們就已經找到了五顆眼珠。牆壁上只剩下最後一顆眼珠了。

就在雲可青剛要抬手在最後那顆眼珠周圍畫圈時，卻聽到身後傳來猛烈的風的呼嘯聲。幾乎就在一瞬間，一個念頭閃現在他們的腦海中：風魔來了！

果然，雲可青還來不及念完短短的咒語，就被風魔帶來的狂風捲了起來，從掃帚雲上掉了下來。

雲可青和丁閃閃隨狂風在黑暗中打著轉，雲可青早就被弄得暈頭轉向了，丁閃閃卻死死地抓著手上的手電筒。儘管他們在狂風中胡亂翻滾著，但丁閃閃卻一邊四處尋找著雲可青，一邊大喊：「快念咒語！化雲術！」

也不知道雲可青是已經昏了過去，還是沒有聽到丁閃閃的話，她一直沒有念咒語。

丁閃閃的手電筒隨著丁閃閃身體的翻滾胡亂掃射著，藉著手電筒微弱的亮光，丁閃閃看到，狂風中，那對血紅的眼睛正離自己越來越近。

他絕望地閉上了眼睛。

可是，過了一會兒，丁閃閃發現，不僅風魔沒有衝過來，狂風還漸漸平息了。

丁閃閃重重地摔到地上，狂風完全平息了。丁閃閃感到非常奇怪，就用手電筒朝四處照了照，發現雲可青就站在離他不遠的地方，緊張地四處張望，害怕得說不出話來。

丁閃閃以為風魔已經走了，就說：「我們得快點離開這裡！」說完，就藉著手電筒的光去尋找被狂風捲走的掃帚雲。他剛用手電筒去照正前方的上空，就發現一對血紅的眼睛正死死地盯著他！

丁閃閃打了一個冷戰，情不自禁地往後退了兩步，但手電筒卻依然照著那對眼睛。這時，雲可青也已經看到了停在前方的風魔。

丁閃閃正要拉著雲可青逃走，卻聽她用興奮的語氣說：「風魔被包圍了！你看！」

丁閃閃很詫異，就去看燈光照射下的風魔，風魔藏身的那團黑色的雲

團，果然被團團圍住了。而圍住風魔的，竟然就是那些和壁畫裡一模一樣的小人。那些小人只有一公尺來高，面部非常模糊，只是粗具形態，但卻姿態各異，周圍雲霧繚繞，好像是由彩雲製成的。

丁閃閃越看越覺得奇怪，忍不住問：「這些小人到底是從哪裡來的？」

雲可青晃了一下手電筒，說：「你仔細看那個小人的心臟處。」

丁閃閃順著雲可青手電筒的亮光，果然看到，在那個小人的左胸中，隱隱藏著一個紅色的東西。丁閃閃一驚，忙問：「那是什麼東西？」

「就是我們從壁畫中取出的風魔的眼珠！剛才我被狂風捲起來，背包裡的東西全都掉了出來，那些眼珠一定就是那時掉出來的。」雲可青說話的時候眼睛都沒眨一下，神色緊張地盯著空中的風魔。

丁閃閃也集中精力去看被小人包圍了的風魔。

真是沒有想到，風魔被五個小人包圍了起來，竟然左衝右突了半天，卻怎麼也逃不出去。

五個小人好像活了一樣，手腳竟然都能活動，不管風魔逃到哪兒，都變換相應的姿勢迅速圍住風魔。但是很奇怪，每當這些小人圍住風魔，

漸漸縮小包圍圈時，風魔就趁包圍合攏時逃到旁邊。讓雲可青和丁閃閃感到驚奇的是，風魔好像特別害怕這些小人，除了逃跑，什麼也不做。雲可青和丁閃閃早已見識過風魔的厲害，所以更加不理解了，為什麼風魔見了這些小人就像老鼠見了貓一樣。

突然，雲可青對丁閃閃大喊：「糟了！還少了一顆眼珠！」

見丁閃閃疑惑不解，雲可青匆忙之中只好簡單解釋：「風魔的前後左右上下各一個小人，應該有六個小人！現在只有五個小人，還差一顆眼珠！快！」

雲可青話還沒說完，就朝那個小球跑去。丁閃閃在黑暗中吃力地跟在雲可青後面，深一腳，淺一腳地小跑著。

他們離那個球並不遠，很快就跑到了球下。雲可青用手電筒照了照球面，才發現，壁畫畫在球面的上半部分，他們現在站在地面上，離那些壁畫有五六公尺遠。

雲可青打著手電筒四面環顧了一圈，掃帚雲早就不知被狂風捲到哪裡去了。沒有掃帚雲，他們是不可能從那麼高的牆壁中取出最後那顆眼珠的。

雲可青一急，才想起自己的背包裡還有手電筒，就急忙拿出來一個，扔給丁閃閃，對他說：「你拿著手電筒去看著風魔，隨時向我彙報風魔的情況。我去做一把掃帚雲，想辦法取下最後一顆眼珠！」

說著，雲可青就一邊在球面上畫圈，一邊念著咒語。丁閃閃知道，雲可青是想用「化雲術」從球上弄下一些雲，做一把掃帚雲。

丁閃閃接過手電筒，只得又跑回風魔所在的地方，大聲向雲可青彙報風魔「大戰」五個小人的即時戰況：

「啊！風魔逃出了包圍圈！但五個機靈的小人立刻又圍了上去！」

「五個小人正在縮小包圍圈，風魔突然竄向右上角。沒錯！風魔的確找到了一個好的漏洞，但很可惜，其中一個小人及時堵住了風魔逃跑的路。

「風魔雖然藏在雲團中，但眼睛卻看得很準。左下角立刻出現了一個新的漏洞，他轉身就衝了過去，卻被另一個小人擋住了。

「風魔重新被圍在正中間，尋找著新的逃跑的機會。他故意向上衝去，等小人們隨之向上移動時，風魔以迅雷不及掩耳之勢殺了一個回馬槍，飛速向下移動。哦！天吶！狡猾的風魔竟然逃出了小人們的包圍圈！

「哦！聰明又機靈的小人可沒那麼容易上當！有一個小人不知什麼時候又擋在了下面，風魔逃跑的行動再一次夭折了！小人們實在太了不起了！」

正當丁閃閃喊得口乾舌燥的時候，他忽然聽到雲可青的喊聲：「我已經拿到眼珠了！」

丁閃閃一聽，覺得風魔這次肯定逃不掉了。僅僅五個小人，他就逃不掉，現在馬上又要多一個！

丁閃閃繼續播報：

「風魔先逃向左上角，然後突然折回——哦！不！是拐彎，他拐向了左下角，接著，他衝向了右下角……風魔好像發了瘋，隨意改變移動線路，甚至打著旋盤旋而上。哦！風魔又逃出了包圍圈！」

丁閃閃的心緊張到了極點，手電筒的光始終追著風魔。

五個小人飛速追上風魔，風魔卻好像早有防備，斜著衝向大球內部那些相互疊加在一起的長方體和正方體，最後消失在那些交錯縱橫的空間裡。

到哪兒去了？丁閃閃傻眼了。

「風魔呢？」雲可青終於拿著最後一顆眼珠飛了過來，眼珠上面還滴著黑色的液體。

「風魔和小人們一起飛走了！」丁閃閃好像好還沒有回過神來。風魔的速度實在太快了，一眨眼的工夫就消失了。

可他的話剛說完，雲可青就指著前面說：「看！那些小人回來了！」

丁閃閃順著雲可青手電筒的光一看，果然，五個小人往這邊飛了過來。

小人們飛到雲可青跟前，停住。雲可青正疑惑，卻看到五個小人的身體像雲霧一樣快速飄散了，只剩下五顆血紅色的圓球飄浮在空中。

雲可青小心地把五顆眼珠收了起來，和最後那顆一起，放進背包中。

「可惜！這次讓風魔逃掉了！」雲可青用手電筒四處掃了掃，隨便看了看，就把手伸給丁閃閃，「上來吧！我們得盡快找到風魔。」

11

祕密圖書室裡風魔的祕密

風老太婆追上楊子飆後，向他解釋自己暫時擔任颱風魔法學校校長的事。

楊子飆好像沒有聽到風老太婆的話，坐在椅子上發著呆。

風老太婆越看越覺得不對勁，楊子飆是她的學生，她對他實在是太瞭解了。楊子飆是一個性格剛強的人，雖然雙腿被截肢是一個很大的打擊，但也不至於讓他變成現在這個樣子啊。

「你知道風魔的事情嗎？」風老太婆問。

楊子飆搖搖頭，眼睛還是沒有睜開，好像已經睡著了。

楊子飆冷淡的態度讓風老太婆感到非常詫異，這麼重要的事情，楊子飆竟然愛理不理的。

「關於風魔的傳說，是真的！——風魔在學校的食堂下毒了！有很多魔法師和學生的魔法都已經失靈了！」風老太婆急切地說，她滿以為這下該能引起楊子飆的重視了，卻沒有想到，楊子飆還是連眼睛也不睜一下，說了一句：「這些事就交給你處理吧！」就轉身回到裡面的房間了。

風老太婆愣在原地，楊子飆真是判若兩人啊！這太奇怪了！

風老太婆正要離開客廳，卻看到桌上放著一把鏽跡斑斑的銅鑰匙。這一定是祕密圖書室的鑰匙！風老太婆的心開始突然加速，越跳越快！

按照雲族的族規，每一任族長新上任，都會從上一任族長手中接管一個祕密圖書室。只有族長一個人，才能進入這個祕密圖書室。風老太婆聽說，這個祕密圖書室裡藏有一些非常絕密的手寫文檔，都是歷代雲族族長記錄下來的。

這麼重要的東西，楊子飆怎麼會隨便丟在客廳的桌子上呢？據風老太婆所知，以前，楊子飆可是一直把這把鑰匙掛在腰間的，即使是睡覺，也絕不離身。

如果仔細翻閱祕密圖書室的文檔，說不定能發現一些關於風魔的祕密。這麼想著，風老太婆就偷偷拿走了鑰匙。

那間祕密圖書室，恰好就藏在校長辦公室最裡面的小房間裡，風老太婆裝作有事要處理的樣子走進校長辦公室，然後悄悄地把門反鎖。

風老太婆打開祕密圖書室的小門，然後打著手電筒走了進去，發現這間房間比自己想像的要小得多，連十平方公尺都不到，進門對面的牆壁前放著一個高大的書架，書架上擺滿了書，書架旁邊放著兩個破舊的木頭箱子，箱子上的油漆快掉光了。

風老太婆隨手摸了一下書架上的書，上面布滿了又細又厚的灰塵，簡直像幾百年沒有人翻過。

書架上幾乎都是關於雲族魔法的書，既有雲族現在正在使用的各種魔法，也有一些雲族早已失傳了的魔法，有的魔法甚至連風老太婆都沒有聽

說過。例如，有一種魔法叫「雲翅」，能夠用施了魔法的雲做出兩扇翅膀，裝在身上，借助這兩扇「雲翅」，像鳥一樣飛翔。

這種飛行方式比坐掃帚雲好多了！風老太婆覺得很有趣，她自言自語地說：「要是雲可青在這兒，肯定喜歡這種魔法。」

檢查完書架上的書，風老太婆正要離開，卻一眼看見書架旁的兩個舊箱子。她猶豫了一下，還是決定打開箱子看看。

風老太婆從箱子裡撿起一本發黃的筆記本，也不知道是多少年以前的東西。她翻開筆記本，發現上面都是一位雲族的族長記錄的各種傳說。風老太婆一下來了精神，一行一行仔細閱讀這些傳說。

真是不可思議啊！風老太婆越讀就越驚奇，這個筆記本上記載的傳說和她小時候聽過的傳說差不多，都是在講烏雲族大戰風魔的故事。只不過，這個筆記本上記錄的內容，比她聽過的要詳細得多。

風老太婆欣喜地加快速度朝後面看，終於看到有一個地方提到了風魔的來歷。這個傳說提到，在很久很久以前，整個雲族擁有共同的祖先，他們擁有非常強大的魔法，然後用魔法俘獲了風魔，把風魔綁上一種結實的「雲鏈」，讓風魔成為了雲族的俘虜，為雲族製造強大的颱風。可是後來，雲族的魔力越來越弱，漸漸對駕馭風魔感到力不從心了。有的族人建議，永遠不再召喚風魔出來，免得被風魔傷害，但是，另一些人根本不聽，堅持繼續利用風魔製造颱風。終於有一天，風魔掙脫了「雲鏈」，逃掉了，還捲走了很多魔法師。

No1
magic
magic
magic
Wizardry

在那時的雲中，生活著一種擁有魔力的食雲獸，是風魔的剋星。為了重新抓獲風魔，雲族的魔法師們獵取了三隻食雲獸，得到了六顆食雲獸的眼珠。只要一見到風魔，這六顆眼珠就會聚集周圍的水氣，形成六個由彩雲組成的小人，把風魔緊緊圍住，送到另外一個世界。

本來，雲族和風魔之間從此可以相安無事，但是，沒有了風魔，雲族只能製造出一些非常弱小的風暴，這樣的風暴根本就不能為他們獵取更多的「戰利品」。因此，雲族有一個魔法師想出了一個好辦法，既可以讓雲族利用風魔，又可以讓風魔受到約束。

這個魔法師配製出一種草藥，創造出一種新的製造「雲鏈」的魔法，所有喝了這些草藥的魔法師，只要一念咒語，就能製造出比之前結實得多的「雲鏈」，把風魔牢牢捆住，讓他再也不能逃走。

從此之後，風魔真的成了雲族的奴隸，乖乖地聽從雲族的命令，為雲族製造颱風，再也不能逃走或者傷人了。

後來雲族發生內亂，整個雲族分成三個部落：烏雲族、彩雲族、白雲族。雖然每一個雲族後代的血液裡都含有草藥的成分，但是，很多年過去了，只有烏雲族依然掌握著召喚風魔的魔法，彩雲族和白雲族早就忘記了這些魔法。但奇怪的是，烏雲族竟然離奇消失了。

風老太婆看到這裡，早已經驚心動魄，激動不已。如果不是親眼見過風魔，又聽說過壁畫的內容，她怎麼可能相信這些傳說呢？她相信，楊子飆一定從來沒有看過這些筆記本。再說，就算楊子飆看過，也只會把這些故事當作傳說，絕不可能相信是真的。

知道了所有事情的原委，風老太婆反而感到前所未有的踏實。她現在終於明白了，風魔為什麼要偷偷去食堂下毒。她猜，風魔是想破壞雲族族人血液中的草藥成分，使得我們即使知道了製造「雲鏈」的咒語，也不可能製造出「雲鏈」了。

風老太婆放下筆記本，關上箱子，離開了祕密圖書室。

現在最要緊的事情，是找到那六顆食雲獸的眼珠。可是，這麼多年過去了，也不知道那六顆食雲獸的眼珠還在不在。

剛才在圖書室因為看得太入迷，不僅忘了時間，連肚子餓都不覺得，風老太婆一走出辦公室，就感到餓得不行，她打算去食堂看看，說不定能找到點吃的。

去食堂的路上，風老太婆突然明白，雲可青從雲塚中找到的那本《烏雲族魔法書》裡面，製造颱風的魔法根本就不能製造颱風，而是在召喚風魔，將風魔召喚出來後，又用咒語驅使風魔製造颱風！這應該就是風魔出現的原因。風老太婆現在才知道，烏雲族族譜上說的「詛咒」，指的就是風魔啊！

12

一個更瘋狂的新陰謀

風老太婆在食堂裡找到一些冷飯和剩菜。吃飽後，風老太婆剛一走出食堂，就看見一群穿著黑色魔法衣的魔法師，鬼鬼祟祟地騎著掃帚雲，朝學校上空飛去。

風老太婆騎上掃帚雲，念了隱身咒語，好奇地跟了上去，搶在雲層關閉前出了學校。

風老太婆想看清這些魔法師的面容，就加快速度朝前飛去，終於趕上了最前面的那個魔法師。她正要藉著微弱的星光去看那個魔法師的臉，卻忽然瞥見他的掃帚雲下面空蕩蕩的——那是一個失去雙腿的魔法師！

整個雲族，失去雙腿的，除了楊子飆，不會有別人！

楊子飆這麼晚還偷偷地出去，肯定有什麼不可告人的陰謀。風老太婆想都沒想，就決定緊緊跟上這群魔法師，看看他們到底想幹什麼。

風老太婆跟著楊子飆在空中飛了兩個多小時。

又過了半個多小時，楊子飆掏出一個東西，撥弄一番後，竟然對著那個東西講話：「喂！蘇教授嗎？你們到了哪裡？」

楊子飆在用手機打電話！風老太婆心裡一驚，他在給誰打電話呢？蘇教授是誰？

楊子飆很快就掛了電話，把手機放進口袋中，然後靜靜地坐在掃帚雲上等著。

風老太婆越看越覺得奇怪。

十幾分鐘後，風老太婆就看見，正前方有一個微弱的亮光，正在向這邊移動。

過了一會兒，楊子飆也看見了那個亮光，就對身後的魔法師們說：「你們就在這邊等我。沒有我的命令，誰也不准過來！」說完就朝那個亮光飛去。

風老太婆悄悄地跟了上去。

直到飛到離亮光很近的地方，風老太婆才看到，有兩個人一同騎在掃帚雲上，前面的那個人穿著黑色的魔法衣，看起來像雲族的魔法師；後面的那個人，從衣著和髮型來看，居然是生活在地面上的人類！

「族長！已經按你的吩咐，把蘇教授接來了！」那個魔法師對楊子飆說。

楊子飆死死地盯住魔法師身後那個蘇教授，騎著掃帚雲慢慢地靠了過去，冷冷地說：「蘇教授，我已經按照你的要求，帶了我的魔法師過來。半個小時後，運送黃金的飛機就會從這裡經過，到時候，我會和我們的魔法師一起，運用魔法製造一場小小的颱風，幫你搶走飛機中的黃金。我希望你信守承諾，把我的魔法書還給我！」

「哈哈！」風老太婆看不清楚那個蘇教授的臉，只聽他乾笑了兩聲，說，「這個你放心！不過，如果你不聽話，我只要把這個東西一按，我們通話的錄音就會被發到我所有朋友的手機裡，你們雲族的祕密就會成為轟動全世界的新聞了！」

聽到這裡，風老太婆心中的疑問才慢慢解開了。原來，這個蘇教授偷走了楊子飆的魔法書，想讓楊子飆製造颱風，幫他搶劫路過這裡的飛機。

如果楊子飆再次用魔法製造颱風，一定會把風魔召喚到這裡的，到時候就危險了！而且，如果他們真的成功搶走了黃金，地面上的人類一定會出動軍隊，到時候就麻煩了！

風老太婆知道，楊子飆再有野心和自私，也不想毀掉整個雲族。可是，如果不聽從蘇教授，讓他把雲族的祕密告訴別人，那麼，整個雲族就完了！

風老太婆正絞盡腦汁地想對策，卻聽蘇教授大喊：「來了！來了！飛

機來了！」

果然，寂靜的夜空中響起一陣嘈雜的聲音，聲音由遠而近，不遠處幾盞彩色的燈光不時閃爍著，向這邊移動。

「讓魔法師們準備行動！」楊子飆向身邊的那個魔法師大喊。那個魔法師馬上向之前那群魔法師飛去，很快就帶著他們飛了過來。

楊子飆讓所有魔法師圍成一個圓圈，開始念起咒語。

風老太婆真想突然跳出來，大聲告訴所有人：「你們根本就不是在製造颱風，而是在召喚風魔！」但她知道自己不能這麼做。

天空中的烏雲開始越聚越多，空氣也越來越熱。

厚厚的烏雲終於形成一場猛烈的颱風，把即將飛離的飛機吞沒了。

直到這時，風老太婆才忽然想到，自己原本可以阻止這場颱風的！她已經從雲可青那裡學會了化雲術啊！這麼重要的事，她竟然忘了！

可惜現在一切都太晚了！颱風已經形成了！

飛機在颱風中翻滾和旋轉，飛行員完全無法控制飛機，只得跳傘了。

楊子飆按照計畫，讓颱風裹挾著飛機，往颱風魔法學校移動。

風老太婆在颱風的周邊飛來飛去，想看看風魔是不是已經出現，但她不敢貿然靠近颱風，只感覺四周狂風呼嘯，颱風隨時都會失控。

經過一路移動，颱風已經將飛機捲到了颱風魔法學校附近。但現在，颱風魔法學校的老師和同學們正在睡覺，誰也不會想到，一場巨大的颱風正向學校移動。

只有風老太婆知道風魔的祕密，她猜，風魔肯定已經出來了，就藏在颱風中。

風老太婆急得滿頭大汗，卻聽到一個無比驚恐的聲音大喊：「不好！颱風失控了！」

這個聲音就像一聲霹靂，震動所有人的神經！

風老太婆看到，颱風果然發了瘋似的向颱風魔法學校移動。從颱風中，發出一聲震天動地的怒吼，猶如一個掙脫了鎖鏈的怪獸，咆哮著要進行報復！

風老太婆急忙又圍著颱風轉了一圈，她甚至看到，楊子飆和其他魔法師已經被颱風捲了進去，消失在風暴中了！

突然，風老太婆看到，一個白色的龐然大物也被颱風甩了出去。她心裡一驚，那不是剛剛被搶到的飛機嗎？

颱風已經將颱風魔法學校裹挾了起來，用盡力氣狠狠地搖動這個飄浮在天空中的學校，想把這個學校連根拔起，然後像砸碎核桃一般，把學校弄得粉碎！那些睡得正香的老師和學生們，還不知道發生了什麼事，就感到地動山搖，從夢中驚醒了。

風老太婆已經來不及阻止風魔了，她以最快的速度衝進學校，大聲呼喊著：「大家快逃！」

這時，颱風魔法學校搖晃得非常厲害，很多牆壁開始破裂。

不管是來到走廊上的人，還是來到廣場上的人，都忘記帶著自己的掃帚雲。當他們聽到有人大喊「快逃」時，才想起去拿掃帚雲。整個學校已經亂成了一鍋粥，有的學生大聲尖叫，有的來來回回地奔跑，尋找自己的掃帚雲，還有的歪著腦袋望著學校上空，想弄明白發生了什麼事。

風老太婆急得在廣場上空亂飛，突然聽到一個非常熟悉的聲音喊她：「風老師！」她轉身一看，竟是雲可青！

雲可青站在走廊上的門邊，朝風老太婆揮手，「風老師，發生什麼事了？」

原來，雲可青和丁閃閃自從追趕著風魔，從雲塚離開後，在天空中四

處尋找風魔，整整找了一天，都不見風魔的影子。後來，他們在雲中迷路了，花了好幾個小時才回到颱風魔法學校。經過這一整天的折騰，他們早就累得不行，一回到颱風魔法學校，連飯都顧不上吃，就找了一間宿舍去睡覺了。也許是因為白天太累，他們一覺睡到現在，直到聽到外面的聲音才醒過來。

風老太婆已經來不及和他們解釋了，急忙對他們說：「快！快去拿掃帚雲！風魔來了！」

「風魔來了!?」雲可青一愣。

「快去啊！你還發什麼呆啊？」風老太婆急忙催促。

雲可青似乎想起了什麼，轉身對著丁閃閃大喊：「快把我的背包拿來！」丁閃閃這時已經清醒過來，轉過身就朝宿舍裡跑去，一轉眼就拿著雲可青的背包出來了。

雲可青拿過門邊的掃帚雲，一翻身騎了上去，接過丁閃閃手中的背包，然後一把把丁閃閃拉了上去。

雲可青這幾個動作一氣呵成，可真是瀟灑、漂亮，讓風老太婆看得目瞪口呆。

雲可青剛一騎上掃帚雲，就飛到風老太婆的上面，看見風老太婆還愣在原地，她連忙大聲喊：「風老師！你快帶著大家逃走吧！我去對付風魔！」

風老太婆一聽雲可青要去對付風魔，就想勸她回來，可轉念一想，難道雲可青已經找到那六顆食雲獸的眼珠？

她對著丁閃閃的背影大聲問：「你們找到了六顆眼珠嗎？」

丁閃閃頭也不回地大聲喊：「找到了！」

風老太婆這才放下心來，轉身去幫廣場上的那些同學了。

當雲可青和丁閃閃從學校上面衝出去的時候，他們已經置身於颱風之中了。直到這時，雲可青才意識到，她犯了一個可怕的錯誤，沒有提前把六顆眼珠從背包裡拿出來。

根本來不及作出任何反應，雲可青和丁閃閃就被捲進了颱風中。當他們還沒有衝進颱風中的時候，風魔就已經注意到他們了。現在，他們已經被風魔緊緊圍住了。

風魔和雲可青已經交手過兩次了，知道雲可青的厲害，所以，這一次，他不會再給雲可青任何機會了。

雲可青和丁閃閃在颱風中猛烈翻滾著，巨大的氣流衝撞、扭曲著他們的身體，好像要把他們撕碎！冰冷的狂風掃過他們的身體，他們連眼睛都睜不開了。雲可青知道，只要自己把背包裡的那六顆眼珠拿出來，六個小人就會把風魔送到另外一個世界。

雲可青緊閉雙眼，死死地把背包抱在胸前，她感到一陣接著一陣的強大力量在搶奪自己胸前的背包。她想，一定是風魔操縱著風暴，想搶走背包。

無論如何，一定不能讓風魔搶走背包！雲可青腦子裡只有這一個想法。背包好像牢牢長在她的身體上，那一陣陣狂風好像一頭頭猛獸，用鋒利的爪牙拚命撕扯著背包，但無論怎麼用力，背包還是死死地被雲可青抱著。

丁閃閃從沒見過這麼厲害的風暴，有好幾次都差點從掃帚雲上掉下去。但是，他咬緊牙用雙腿緊緊夾住掃帚雲，左手死死抓住掃帚雲，右手去摸雲可青的背包。

丁閃閃知道，四面八方的狂風不停向雲可青襲來，就是風魔為了搶奪背包裡的眼珠，他一定要搶在風魔的前面把眼珠拿出來！

經過一陣艱難的摸索，丁閃閃已經把手伸進了背包裡，很快就摸到一顆眼珠。他想都沒想，根本顧不上方向，就把那顆眼珠扔了出去，然後接著去摸下一顆眼珠。

丁閃閃摸到一顆眼珠就扔出去一顆，當扔出了四顆眼珠時，四周的狂風突然一下子消失了！掃帚雲搖晃了幾下，靜靜地停在空中。

丁閃閃扭頭去看身後，明亮的月光之下，四個身放彩色光芒的小人，正緊緊地圍住一團黑色的雲團。

雲可青很快掏出最後兩顆眼珠，顫抖著朝風魔扔了出去。風魔一見兩顆眼珠朝自己飛來，瘋狂地四處衝撞，想要逃走。

就在風魔衝出四個小人的包圍，即將逃掉的時候，被扔出去的兩顆眼珠已經變成兩個小人，及時地堵在風魔面前。

六個小人把風魔藏身的雲團緊緊圍住，前後左右上下，各有一人，風

魔不要說逃走，連移動都不能了。

六個小人組成的包圍圈越來越小，最後，形成一個黑色的漩渦，把風魔吸了進去。

眼前的這一切，和壁畫上描述的一模一樣。

風魔消失在漩渦裡，六個小人煙消雲散，只剩下六顆血紅色的眼珠，靜靜地飄在空中。

夜空又重新恢復平靜，好像什麼也沒有發生過。六顆血紅色的眼珠，在明亮的月光下，放射出奇異的光彩，好像一幅絢麗的畫，好看極了。

13

造福他人的魔法
更讓人幸福

第二天，雲可青和丁閃閃一起，把六顆眼珠送回了雲塚中的壁畫裡，又把那個寫有咒語的帶子剪碎了。

雲塚中藏有太多祕密，這些祕密只會帶來災難，所以，她不想再有人進入那裡。

楊子飆和蘇教授都已經失蹤。這件事還引起了國防部的注意，一連幾天，都有好幾架戰鬥機在雲中飛來飛去，好像在尋找著什麼。

據丁閃閃說，幸好當時沒有把飛機藏在颱風魔法學校，不然颱風魔法學校肯定會被人類發現，因為飛機上安裝了衛星定位系統。

風老太婆把雲可青和丁閃閃帶到祕密圖書室，向他們講述了那個關於風魔的「傳說」，還把筆記本拿給他們看了。不過，現在大家都知道了，那不是傳說，而是一件古老又真實的事。

經過風老太婆的推薦，雲可青成為雲族的新一任族長。

很多人都以為，雲可青上任後的第一件事，就是重新修建颱風魔法學校。但是，出乎他們的意料，雲可青站在殘破的學校廣場上發表了就職演說，並告訴所有人，她將不會重修颱風魔法學校。

大家議論紛紛，很多人都說，如果不重修颱風魔法學校，孩子們去哪裡上學呢？

雲可青說：「雲族的族人們，作為擁有魔法的一個族群，長久以來，我們一直靠『風獵』為生。可是，你們有沒有想過，『風獵』是什麼？當我們用魔法製造風暴，用風暴掀掉地面上人類的屋頂，搶走人類的東西時，你們有沒有看到，那些失去房子的人們，他們那痛苦的表情？你們有沒有看到，當我們的風暴傷害了他們的親人時，他們那悲痛欲絕的神情？那些痛苦和悲傷的神情，是不是和我們失去親人時一樣？請相信我，地面上的那些人，他們有著和我們一樣的痛苦和快樂！如果我們依靠『風獵』

為生，就是把自己的快樂建立在他們的痛苦上，這是不公平的！親愛的族人們，我們擁有美妙的魔法，這些魔法能讓我們可以隨心所欲地製造風暴，可是，我們只有依靠這些魔法傷害他人，才能生存下去，才能獲得我們的幸福生活嗎？我始終相信，傷害別人的人，最終也會傷害自己！只有造福他人的魔法，才能讓人幸福！魔法本身並不是罪惡，關鍵是如何運用魔法！可是，你們會問我，如果改變雲族幾千年歷史的古老傳統——『風獵』，我們該怎樣生存下去？在這裡，我想充滿信心地大聲告訴你們：沒錯！我找到取代『風獵』的更好的生存方式！我們將利用我們的魔法，既造福他人，又給我們自己帶來幸福的生活！」

廣場上掌聲雷動。

雲可青真是天生的演說家，她那鼓舞人心的話溫暖了雲族的每一個族人，也讓丁閃閃非常感動。

她終於可以把自己的心裡話全都說出來了。她第一次體會到這種渾身輕鬆的感覺，整個人好像一杯純淨的白開水，乾淨、清澈，沒有一點雜質。

在丁閃閃的幫助下，雲族祕密購買了一片廣闊的草地。他們在草地的中央建造了一排高大的廠房，在廠房裡，安裝了專門訂製的利用風力發電的設備。

這真是世界上最乾淨的工廠，沒有一點灰塵，絕不會排放出一點廢氣或廢水，甚至不用任何能源，源源不斷的電力就從這裡輸出。

雲族的族人們所要做的，僅僅是坐在發電機旁邊念咒語。隨著咒語的念出，風暴推動發電機的葉片猛烈轉動，發電機開始產生大量電力。

每一個月，他們只需要工作十天就足夠了，剩下的時間都無事可做。這真的是世界上最悠閒的工作。

銷售電力的收入非常可觀，丁閃閃除了用賺來的錢購買食物和生活用品，還可以任意購買各種電器。不到半年的時間，雲族成員就什麼都不缺了。他們再也不用參加「風獵」，再也不用掀掉別人的屋頂，更不用擔心被人類發現了。

雲可青說得果然沒錯，只有造福他人的魔法，才能讓人幸福。

九歌少兒書房 244

雲裡住著女巫

著者　左　煒
繪者　劉彤渲
責任編輯　鍾欣純
發行人　蔡文甫
出版發行　九歌出版社有限公司
臺北市 105 八德路 3 段 12 巷 57 弄 40 號
電話／ 25776564　傳真／ 25789205
郵政劃撥／ 0112295-1
九歌文學網　www.chiuko.com.tw
印刷　晨捷印製股份有限公司
法律顧問　龍躍天律師 · 蕭雄淋律師 · 董安丹律師
初版　2015（民國 104）年 9 月
定價　**260 元**

書號　0170239
ISBN　978-986-450-012-3
（缺頁、破損或裝訂錯誤，請寄回本公司更換）

版權所有 · 翻印必究 Printed in Taiwan

國家圖書館出版品預行編目 (CIP) 資料

雲裡住著女巫 / 左煒著 ; 劉彤渲圖 . -- 初版 .
-- 臺北市 : 九歌 , 民 104.09

面 ;　公分 . -- (九歌少兒書房 ; 244)

ISBN 978-986-450-012-3(平裝)

859.6　　104014963

150827